Torquemada at the Stake

Torquemada en la hoguera

A Dual-Language Book

Benito Pérez Galdós

Edited and Translated by
STANLEY APPELBAUM

DOVER PUBLICATIONS, INC.
Mineola, New York

Bibliographical Note

This Dover edition, first published in 2004, includes the full Spanish text of *Torquemada en la hoguera* as originally published by the Adm[inistraci]ón de La Guirnalda y Episodios Nacionales, Madrid, in 1889 (see the Introduction for further bibliographical details), together with a new English translation, Introduction, and footnotes, all by Stanley Appelbaum.

Library of Congress Cataloging-in-Publication Data

Pérez Galdós, Benito, 1843–1920.
    [Torquemada en la hoguera. English & Spanish]
    Torquemada at the stake = Torquemada en la hoguera : a dual-language book / Benito Pérez Galdós ; edited and translated by Stanley Appelbaum.
    p. cm.
    ISBN 0-486-43430-3 (pbk.)
    I. Title: Torquemada en la hoguera. II. Appelbaum, Stanley. III. Title.

PQ6555.T6513 2004
863'.5—dc22

2003068685

Manufactured in the United States of America
Dover Publications, Inc., 31 East 2nd Street, Mineola, N.Y. 11501

INTRODUCTION

Galdós

Benito María de los Dolores Pérez Galdós[1] was born in 1843 in Las Palmas, the main city of Gran Canaria (Grand Canary Island) in the Canaries, an overseas province of Spain.[2] His father, a lieutenant colonel, and governor of the local fortress, often entertained the boy with yarns about his service in the War of Independence (Peninsular War) against Napoleon early in the century. The youngest of ten children, Benito was overprotected by his strong-willed, extremely pious mother. The exceptionally bright child was very good at drawing caricatures and cutting humorous silhouettes. In 1851 he created a toy village out of cardboard and *objets trouvés;* it is still preserved in the Galdós Museum in his native city. He started writing very young, and more substantial juvenilia date from 1861. When he was nineteen a locally published poem of his was reprinted in Cádiz and Madrid newspapers.

From the profound tranquillity of Las Palmas (its bustling port wasn't constructed until 1883), Benito was plunged into the heady whirl of Madrid in 1862, when he moved there (permanently, as it proved) in 1862 to study law (and perhaps to be separated from a romantic attachment his mother considered undesirable). His law studies were conducted in a desultory fashion until 1869. Meanwhile, he found that the truly great love of his life was the capital itself; he was later to write: "I was born at twenty, in Madrid." He combed every inch of the city, often accompanying rent collectors through the tenements. By 1865 he was a professional journalist, specializing in art and drama reviews. His own early plays remained unproduced.

In 1867 a visit to the great world's fair in Paris was a turning point

---

1. Pérez Galdós is the complete surname. Pérez (the paternal family name) is the operative word for cataloging, alphabetization in reference works, and the like; but when the paternal name is a frequently occurring one, like Pérez, the mother's maiden name is often used as a one-word reference—in this case, Galdós.   2. The Canary Islands were divided into two provinces in 1927, and became an "autonomous community" in 1982.

for Galdós. He learned French well (the following year he published a translation from the French of Dickens's *Pickwick Papers*), discovered Balzac (with Dickens, an overwhelming influence on him), and began writing his first mature novel, which was published in 1870 as *La Fontana de Oro*. This was the first of the seven novels, published through 1878, which Galdós would later call his *novelas de la primera época* (first-period novels); the most famous of these is *Doña Perfecta* (1876). Even though these first novels are excessively Manichean and intolerantly anticlerical, Galdós was already perceived as a renewer of the genre in Spain, a restorer of the glory of Cervantes (with few exceptions, the novel had been insignificant or trivial in Spain during the eighteenth century and the Romantic period). Galdós was taking the novel beyond the merely regional, imbuing it with psychological studies and an interest in the rising middle class.

In 1870 Galdós had already issued a manifesto in his essay "Observaciones sobre la novela contemporánea en España," in which he berated his fellow authors, exempting only a handful, for truckling to foreign tastes and avoiding reality, particularly the social reality of the bourgeoisie.

Galdós's real fame arrived in 1873, when he published *Trafalgar*, the first of his *Episodios nacionales* (there would eventually be 46 of them), moderately short historical novels about nineteenth-century Spain (obviously *Trafalgar* takes place in 1805) with an intermingling of real and fictional characters (the fictional ones recurring in more than one novel). The historical facts were extremely well researched. By 1879 Galdós had completed two series, of ten novels each, bringing the history down to about 1830.

In 1881 he published the first of his 24 so-called *novelas españoles contemporáneas* (the last appearing in 1915), *La desheredada* (The Disinherited Woman). These include a large number of fine works, outstanding among them (for length as well as quality) being *Fortunata y Jacinta* (1886–1887) and *Ángel Guerra* (1890–1891). The great film director Luis Buñuel did screen versions of *Tristana* (1892) and *Nazarín* (1895), the latter novel exemplifying Galdós's shift from realism/naturalism to a greater spirituality around that time.

In 1892 Galdós returned to playwriting, and by 1918 had written over 20 theater pieces, the most notorious being *Electra* of 1901 (no relation to the Greek heroine), which permanently alienated the stuffier, "right-minded" people of Spain, including officialdom.

Without personal fortune or patronage, Galdós, who had lost money publishing most of his own work himself, with partners, found himself

in a financial bind by 1898, when he resumed his *Episodios nacionales,* even though his inspiration had waned. By 1912 he had produced two more series of ten novels each, and the first six novels of a fifth series, bringing the historical situation down to 1877. In his long, busy career Galdós also wrote speeches, introductions to novels by friends, letters, essays, memoirs, travel accounts, and a few relatively insignificant short stories. In 1897 he took his seat in the Spanish Academy, but official hostility at home blocked his nomination for a Nobel Prize that the Swedish authorities were willing to award.

Galdós never married but he acknowledged his illegitimate daughter María (born 1891), giving her his name and making her his heir. The most interesting of his numerous affairs was with the major novelist Emilia Pardo Bazán (1851–1921), on a trip to the valley of the Rhine in 1889.

Galdós had an unhappy old age. He suffered a stroke in 1905, and his gradual loss of vision resulted in total blindness in 1912. Perpetually indigent, he benefited from a national subscription at one point. In his last years he was virtually forgotten, especially since the new authors of the "Generation of 1898," who owed so much to his efforts, felt they had to reject him in their own psychological quest for an identity. A statue of Galdós was unveiled in Madrid's Parque del Buen Retiro while he was still alive, in 1919. He died early in 1920 in his beloved Madrid. There was no official funeral, but his private funeral was attended by grateful crowds.

Torquemada

The short novel *Torquemada en la hoguera* (it has been called a novella) was first published in issues 2 and 3 of the Madrid periodical *La España moderna,* February and March 1889. In the same year it appeared in a volume, together with a number of short pieces, published in Madrid by the Adm[inistraci]ón de La Guirnalda y Episodios Nacionales.

Like his model Balzac, and such novelist friends as Pardo Bazán and José María de Pereda (1833–1906), Galdós was fond of having his characters reappear in various works. He apparently expected his readers to read (and remember) each of his novels as soon as it appeared, faithfully. When he introduced a smalltime moneylender, with a clientele of students, in his 1883 novel *El doctor Centeno,* he humorously named the character after Fray Tomás de Torquemada, the

Grand Inquisitor in the reign of Ferdinand and Isabella (he served as such from 1483 to 1498), whom irresponsible legends had made synonymous with rabid cruelty. Don Francisco Torquemada reappears in the 1884 novel *La de Bringas* (The Bringas Woman [actually, La de Bringas was a tiny street in Madrid]; it has been translated with the title *The Spendthrifts*), in which Rosalía de Bringas, one of the numerous Galdós women who ruin their husbands through reckless extravagance, must have recourse to the moneylender in 1868 (he already has the habit of gesturing with his thumb and index finger forming a circle). Torquemada is back in *Lo prohibido* (The Prohibited Thing; 1884–1885), and is more prominent, along with his wife Silvia, his daughter Rufina, and his business partner Lupe, in the huge novel *Fortunata y Jacinta* (1886–1887), in which he has already become a fairly well-to-do speculator. Moreover, Galdós followed up *Torquemada en la hoguera,* after a four-year interval, with three more Torquemada novels in rapid succession (to be summarized below).

This group of four novels of which Torquemada is the titular hero is very highly regarded by critics, many of whom find it equal to Galdós's best; and the first of the series, the one reprinted and newly translated here, is universally considered the finest of the four. Like Balzac with his *Eugénie Grandet* (1833), Galdós struck literary gold with this psychological study of a miser (which some Spanish critics also see as a novel of Spanish manners and customs, a *novela de costumbres*). The 1993 *Diccionario de Literatura Española e Hispanoamericana* calls *Torquemada en la hoguera* "a brief, quickly moving, intense narrative in which the author doesn't waste a single line in wanderings from the subject or digressions."

There is a lot of dialogue, and Galdós's flair for theatrical dramatism comes into play. (It's easy to imagine Aunt Roma's diatribes "bringing down the house" if delivered by a skilled actress.) He also makes much use, as in other novels, of interior monologues, which fall just short of becoming true stream-of-consciousness, as later exemplified in Arthur Schnitzler's 1900 story "Leutnant Gustl" and perfected by James Joyce.

It is hard to define Galdós's style. Many critics in his own day, accustomed to the often involuted and mannered writing of the recent past, claimed he had no style at all. Some critics even today speak of his style as being simple. But he offers a number of difficulties, nevertheless. For one thing, he has what is possibly the most extensive vocabulary of any Spanish writer. Furthermore, he can be extremely colloquial (reproducing plebeian pronunciation, for instance), and his texts are highly

idiomatic, impossible to translate word-for-word. He had an acute ear for all sorts of speech patterns (note his witty contrast between Don José Bailón's written style and his spoken conversation), and a penchant for parody. He often used rare words, or rare secondary meanings of more everyday words. His style repays deeper analysis.

The historian in Galdós led him, even in those novels which weren't strictly historical, to correlate the adventures of his fictional characters with real-life national events. These are not particularly prominent in *Torquemada en la hoguera,* where they are mentioned chiefly in the first chapter. The Glorious Revolution of 1868, actually a military coup, dethroned Isabel II, who had begun to reign (under a regency) in 1833. Her reign had been turbulent, disturbed by civil wars (her uncle claimed the throne by right of male succession) and by bickering among rival strongman generals; early in her reign the "disentailment" (tantamount to expropriation) of much Church property threw a lot of land and goods onto the market, generating an unruly scramble for wealth. After six chaotic years (to 1874), which witnessed the brief reign of an imported king, Amadeo of Savoy, and an even briefer republic (Spain's first), the Bourbon line was restored when Isabel's son Alfonso XII became king. Until 1881 the prime ministers and cabinets were of the Conservative party; after that, the Liberals got a chance. The frequent changes of ministries, with subsequent layoffs of civil servants in line with a pronounced "spoils system," led to a chronic economic malaise: increased unemployment. (The rest of the novel is self-explanatory.)

Even though *Torquemada en la hoguera* has characters who appear in earlier and later novels, it is completely of a piece and self-sustaining, whereas the next three Torquemada novels, which appeared one a year from 1893 to 1895, tell one consecutive story with rather arbitrary endings and beginnings. The last three of these novels have been called a trilogy more often, and with greater justification, than the group of four has been called a tetralogy. (If Galdós wasn't already planning the last three while writing the first, it's even more remarkable how he ties together various motifs: the miser's acquisition of a major collection of paintings in *Torquemada en el Purgatorio* echoes his seizure of Martín's pictures in the 1889 novel, and the donation of the cape to the beggar in the 1889 novel becomes the principal symbolic leitmotif in *Torquemada y San Pedro.*

Torquemada en la cruz (T. on the Cross; 1893): When Torquemada's former partner Doña Lupe dies, she urges him to marry one of the del Águila sisters, Cruz and Fidela, impoverished aristocratic

customers of hers (there is also a younger blind brother, Rafael). The usurer, now living alone in a tenement he owns (Rufina has married Quevedo), worships the memory of his son. He is smitten with Fidela, but falls under the thumb of the strong-willed and highly intelligent Cruz, who uses him as a tool to repair the family fortunes (Fidela is indifferent and Rafael is hostile). With her advice, Torquemada's business dealings expand and he lives better. Torquemada marries Fidela chiefly to acquire a son to replace Valentín; on the sisters' side the marriage is purely for money.

   Torquemada en el Purgatorio (T. in Purgatory; 1894): The sisters are living on a grand scale. Rafael mistakenly believes his sister Fidela is so unhappy that she's taken a lover. The aristocratic circle gives Torquemada both business and "cultural" advice. Cruz has big plans for him: a separate office, home improvements, a career as senator, the abandonment of usury. Fidela, pregnant, persuades him to purchase the title of marquis, and he acquires a varnish. She bears a son, but the baby shows signs of being a freak both physically and mentally. Fidela lives for the child, while Torquemada becomes a successful politician. Cruz pushes him into buying a palace and paintings. Rafael, peeved because the marriage wasn't the failure he had predicted, and feeling supplanted in the family's affections by the baby, kills himself. (The author's sympathies are with him.)

   Torquemada y San Pedro (T. and St. Peter; 1895): Father Gamborena, an ex-missionary whom the usurer calls "Saint Peter," wants to become his spiritual adviser. Torquemada is in decline, he now loathes Cruz, Fidela dies as a result of her difficult delivery, and the baby is bestial. Torquemada distrusts religion, because his good deeds failed to save Valentín, but Gamborena persuades him to make his peace with Cruz, who has made him what he now is; she becomes very religious and charitable; he becomes a hypochondriac and thinks he's being poisoned. Escaping from the palace, he returns to his old plebeian haunts, gorges himself on rich "common" food, and is brought home dying. Cruz persuades him to leave to the Church the one third of his fortune that doesn't have to go to his children in accordance with the law: a reversal of the historical "disentailment." On his deathbed, he still has elaborate plans for the national economy, but all of his superficially acquired religiosity vanishes when he feels pain, and he wants to change his will. He recalls his first entry into Madrid as a penniless boy, when he played heartless pranks. His last word is "conversion": of his soul, or of the national debt? No one knows whether he was "saved."

Torquemada at the Stake

Torquemada en la hoguera

I

Voy a contar cómo fue al quemadero el inhumano que tantas vidas infelices consumió en llamas; que a unos les traspasó los hígados con un hierro candente; a otros les puso en cazuela bien mechados, y a los demás los achicharró por partes, a fuego lento, con rebuscada y metódica saña. Voy a contar cómo vino el fiero sayón a ser víctima; cómo los odios que provocó se le volvieron lástima, y las nubes de maldiciones arrojaron sobre él lluvia de piedad; caso patético, caso muy ejemplar, señores, digno de contarse para enseñanza de todos, aviso de condenados y escarmiento de inquisidores.

Mis amigos conocen ya, por lo que de él se me antojó referirles, a don Francisco Torquemada, a quien algunos historiadores inéditos de estos tiempos llaman *Torquemada el Peor.* ¡Ay de mis buenos lectores si conocen al implacable fogonero de vidas y haciendas por tratos de otra clase, no tan sin malicia, no tan desinteresados como estas inocentes relaciones entre narrador y lector! Porque si han tenido algo que ver con él en cosa de más cuenta; si le han ido a pedir socorro en las pataletas de la agonía pecuniaria, más les valiera encomendarse a Dios y dejarse morir. Es Torquemada el habilitado de aquel infierno en que fenecen desnudos y fritos los deudores; hombres de más necesidades que posibles; empleados con más hijos que sueldo; otros ávidos de la nómina tras larga cesantía; militares trasladados de residencia, con familión y suegra por añadidura; personajes de flaco espíritu, poseedores de un buen destino, pero con la carcoma de una mujercita que da tés y empeña el verbo para comprar las pastas; viudas lloronas que cobran el Montepío civil o militar y se ven en mil apuros; sujetos diversos que no aciertan a resolver el problema aritmético en que se funda la existencia social, y otros muy perdidos, muy

2

I

I'm going to recount how that inhuman man who consumed so many human lives in flames went to the stake himself; he pierced the liver of some victims with a red-hot iron, others he placed well larded in a stewpot, and the rest he scorched little by little, over a slow fire, with unnaturally methodical fury. I'm going to recount how the fierce executioner came to be a victim, how the hatred he aroused became lamentation for himself, and the clouds of curses shed a pitiful rain upon him; a pathetic case, a very exemplary case, ladies and gentlemen, which merits recounting for the instruction of all, a warning to scoundrels and a lesson to inquisitors.

Because of the information I chose to provide about him in the past, my friends are already acquainted with Don Francisco Torquemada, whom certain unpublished historians of that period call Torquemada the Worst. Alas for my good readers if they know that implacable stoker of lives and fortunes through dealings of another kind, not so free of malice or as impartial as these innocent narrator–reader relations! Because if they've had anything to do with him on matters of more importance, if they've gone to seek aid of him in their convulsions of financial agony, it would have been better for them to commend themselves to God and let themselves die. Torquemada is the paymaster of that hell in which debtors wind up naked and fried: men whose needs exceed their means; employees with more children than salary; civil servants yearning for a paycheck after a long layoff; servicemen transferred away from home with a large family and a mother-in-law besides; weak-spirited characters who enjoy good fortune but have a spendthrift wife who gives teas and who pawns everything under the sun to buy cakes; tearful widows who collect civil or military pensions and find themselves in a thousand fixes; various people who can't manage to solve the problem in arithmetic on

3

faltones, muy destornillados de cabeza o rasos de moral, tramposos y embusteros.

Pues todos éstos, el bueno y el malo, el desgraciado y el pillo, cada uno por su arte propio, pero siempre con su sangre y sus huesos, le amasaron al sucio de Torquemada una fortunita que ya la quisieran muchos que se dan lustre en Madrid, muy estirados de guantes, estrenando ropa en todas las estaciones y preguntando como quien no pregunta nada: «Diga usted, ¿a cómo han quedado hoy los fondos?»

El año de la revolución compró Torquemada una casa de corredor en la calle de San Blas, con vuelta a la de la Leche; finca bien aprovechada, con veinticuatro habitacioncitas, que daban, descontando insolvencias inevitables, reparaciones, contribución, etc., una renta de mil trescientos reales al mes, equivalente a un siete o siete y medio por ciento del capital. Todos los domingos se personaba en ella mi don Francisco para hacer la cobranza, los recibos en una mano, en otra el bastón con puño de asta de ciervo, y los pobres inquilinos que tenían la desgracia de no poder ser puntuales andaban desde el sábado por la tarde con el estómago descompuesto, porque la adusta cara, el carácter férreo del propietario, no concordaban con la idea que tenemos del día de fiesta, del día del Señor, todo descanso y alegría. El año de la Restauración ya había duplicado Torquemada la pella con que le cogió la *Gloriosa*, y el radical cambio político proporcionóle bonitos préstamos y anticipos. Situación nueva, nómina fresca, pagas saneadas, negocio limpio. Los gobernadores flamantes que tenían que hacerse ropa, los funcionarios diversos que salían de la oscuridad famélicos le hicieron un buen agosto. Toda la época de los conservadores fue regularcita, como que éstos le daban juego con las esplendideces propias de la dominación, y los liberales también, con sus ansias y necesidades no satisfechas. Al entrar en el Gobierno, en 1881, los que tanto tiempo estuvieron sin catarlo, otra vez Torquemada en alza: préstamos de lo fino, adelantos de lo gordo, y vamos viviendo. Total, que ya le estaba echando el ojo a otra casa, no de corredor, sino de buena vecindad, casi nueva, bien acondicionada para inquilinos modestos, y que si no rentaba más que un tres y medio a todo tirar, en cambio su administración y cobranza no darían las jaquecas de la cansada finca dominguera.

Todo iba como una seda para aquella feroz hormiga cuando de súbito le afligió el cielo con tremenda desgracia: se murió su mujer.

which existence in society is based; and others, very dissolute, very remiss, very rash of mind or brazen of heart, cheaters and swindlers.

Well, all these people, the good and the bad, the unfortunate and the rascally, each in his own way, but always at the cost of his flesh and blood, had amassed for filthy Torquemada a fortune that many show-offs in Madrid would have liked to own: those very elegant folk who have a new wardrobe every season and who ask, just as casually as possible: "Tell me, how did the stock market do today?"

In 1868, the year of the revolution, Torquemada bought a tenement house on the Calle de San Blas, where it turns onto the Calle de la Leche, a very profitable property with twenty-four tiny dwellings which, discounting inevitable insolvencies, repairs, taxes, and the like, brought in thirteen hundred *reales*[1] in rent per month, amounting to seven or seven and a half percent of the investment. Every Sunday my Don Francisco appeared in person to collect the rent, in one hand the receipts, and in the other his cane with its deer-antler head; and the poor tenants who had the misfortune of being unable to pay on time went around with an upset stomach from Saturday on, because the landlord's stern face and iron nature were out of harmony with our normal idea of a holiday, the Lord's day, all repose and merriment. By 1874 the year of the Restoration, Torquemada had already doubled the sum with which the Glorious Revolution had found him, and the radical change in the political arena provided him with fine opportunities for loans and advances. A new situation, a fresh payroll, stabilized salaries, clear profit. The brand-new rulers who had to supply themselves with the proper clothing, the various bureaucrats emerging from obscurity with a hunger, gave him a bountiful harvest. The entire period in which the Conservatives were in power was pretty good for him, since they gave him work with their taste for splendor befitting the ruling class, but the Liberals did, too, with their unsatisfied yearnings and needs. When the Liberals came to power in 1881 after all those years without tasting it, Torquemada prospered once again: advantageous loans, profitable advances, and satisfaction with life. In a word, he was already looking at another house, not a tenement but an apartment building in a good neighborhood, nearly new and in suitable condition for tenants of moderate means; even if it brought in no more than three and a half percent altogether, on the other hand it wouldn't be such a headache to manage and the rent would be easier to collect than in that damned Sunday-rentday property.

Everything was going like clockwork for that ferocious ant when Heaven suddenly afflicted him with a tremendous misfortune: his wife

---

1. A *real* is one fourth of a *peseta*.

Perdónenme mis lectores si les doy la noticia sin la preparación conveniente, pues sé que apreciaban a doña Silvia, como la apreciábamos todos los que tuvimos el honor de tratarla y conocíamos sus excelentes prendas y circunstancias. Falleció de cólico miserere, y he de decir, en aplauso a Torquemada, que no se omitió gasto de médico y botica para salvarle la vida a la pobre señora. Esta pérdida fue un golpe cruel para don Francisco, pues habiendo vivido el matrimonio en santa y laboriosa paz durante más de cuatro lustros, los caracteres de ambos cónyuges se habían compenetrado de un modo perfecto, llegando a ser ella otro él, y él como cifra y refundición de ambos. Doña Silvia no sólo gobernaba la casa con magistral economía, sino que asesoraba a su pariente en los negocios difíciles, auxiliándole con sus luces y su experiencia para el préstamo. Ella defendiendo el céntimo en casa para que no se fuera a la calle, y él barriendo para adentro a fin de traer todo lo que pasara, formaron un matrimonio sin desperdicio, pareja que podría servir de modelo a cuantas hormigas hay debajo de la tierra y encima de ella.

Estuvo Torquemada el *Peor* los primeros días de su viudez sin saber lo que le pasaba, dudando que pudiera sobrevivir a su cara mitad. Púsose más amarillo de lo que comúnmente estaba, y le salieron algunas canas en el pelo y en la perilla. Pero el tiempo cumplió, como suele cumplir siempre, endulzando lo amargo, limando con insensible diente las asperezas de la vida, y aunque el recuerdo de su esposa no se extinguió en el alma del usurero, el dolor hubo de calmarse; los días fueron perdiendo lentamente su fúnebre tristeza; despejóse el sol del alma, iluminando de nuevo las variadas combinaciones numéricas que en ella había, los negocios distrajeron al aburrido negociante, y a los dos años, Torquemada parecía consolado; pero, entiéndase bien y repítase en honor suyo, sin malditas ganas de volver a casarse.

Dos hijos le quedaron: Rufinita, cuyo nombre no es nuevo para mis amigos, y Valentinito, que ahora sale por primera vez. Entre la edad de uno y otro hallamos diez años de diferencia, pues a mi doña Silvia se le malograron más o menos prematuramente todas las crías intermedias, quedándole sólo la primera y la última. En la época en que cae lo que voy a referir, Rufinita había cumplido los veintidós, y Valentín andaba al ras de los doce. Y para que se vea la buena estrella de aquel animal de don Francisco, sus dos hijos eran, cada cual por su estilo, verdaderas joyas o como bendiciones de Dios que llovían sobre él para consolarle en su soledad. Rufina había sacado todas las capacidades domésticas de su madre, y gobernaba el hogar casi tan bien como ella. Claro que no tenía el alto tino de los negocios, ni la con-

died. Pardon me, readers, for giving you this news without suitable preparation, because I know you esteemed Doña Silvia as we all did, we who had the honor of her company and knew her excellent talents and circumstances. She died of obstruction of the bowels, and I must say, to Torquemada's credit, that he spared no medical or pharmaceutical expense to save the poor lady's life. That loss was a cruel blow to Don Francisco, since the couple had lived in holy, industrious peace for more than twenty years, so that the characters of the two spouses had blended perfectly; she had become another Torquemada, and he had become the sum and amalgam of both. Not only had Doña Silvia run the household with masterly thrift, she had also advised her husband on difficult business matters, aiding him with her knowledge and experience of moneylending. With *her* guarding every cent at home so that it wouldn't wind up in the street, and *him* sweeping inside everything that passed by, they formed a couple free of waste, a pair that could serve as a model for all the ants that exist inside the earth and on top of it.

During his first days as a widower Torquemada the Worst didn't know what was going on; he doubted whether he could survive his better half. His face got yellower than it usually was, and a few gray hairs sprouted on his head and in his goatee. But, as it always does, time did its work, sweetening the bitter and filing away life's rough edges with its imperceptible tooth; and even though the memory of his wife was not extinguished in the usurer's soul, his grief abated of necessity; slowly his days lost their funereal sadness, and the sun of his soul grew bright, once more illuminating the various numerical combinations contained in that soul; business affairs distracted the bored businessman, and when two years had gone by, Torquemada seemed comforted; but, let it be clearly understood and repeated to his credit, without the slightest desire to remarry.

Two children were left to him: Rufinita, whose name isn't new to my friends, and Valentinito, who is here making his first appearance. Their ages differed by ten years, because all the children Doña Silvia had in between died more or less prematurely, only the first and the last remaining alive. In the period in which my narrative takes place, Rufinita was already twenty-two and Valentín was close to twelve. And, to show you how lucky that beast Don Francisco was, his two children, each in his or her way, were real jewels, or blessings from God which rained down on him to comfort him in his solitude. Rufina had inherited all of her mother's domestic skills and ran the house as well as her mother had. Of course she didn't have the same strong head for business, the same consummate astuteness, the same scope of vision, or those other aptitudes,

sumada trastienda, ni el golpe de vista, ni otras aptitudes entre molares y olfativas de aquella insigne matrona; pero en formalidad, en
modesta compostura y buen parecer, ninguna chica de su edad le
echaba el pie adelante. No era presumida, ni tampoco descuidada en
su persona; no se la podía tachar de desenvuelta, ni tampoco de hura-
ña. Coqueterías, jamás en ella se conocieron. Un solo novio tuvo
desde la edad en que apunta el querer hasta los días en que la presento, el cual, después de mucho rondar y suspiretear, mostrando por
mil medios la rectitud de sus fines, fue admitido en la casa en los
últimos tiempos de doña Silvia, y siguió después, con asentimiento del
papá, en la misma honrada y amorosa costumbre. Era un *chico de
Medicina*, chico en toda la extensión de la palabra, pues levantaba del
suelo lo menos que puede levantar un hombre; estudiosillo, inocente,
bonísimo y manchego por más señas. Desde el cuarto año empezaron
aquellas castas relaciones, y en los días de este relato, concluida ya
la carrera y lanzado Quevedito (que así se llamaba) a la práctica de la
facultad, tocaban ya a casarse. Satisfecho el *Peor* de la elección de la
niña, alababa su discreción, su desprecio de vanas apariencias para
atender sólo a lo sólido y práctico.

Pues digo, si de Rufina volvemos los ojos al tierno vástago de
Torquemada, encontraremos mejor explicación de la vanidad que le
infundía su prole, porque (lo digo sinceramente) no he conocido
criatura más mona que aquel Valentín, ni preciosidad tan extraordi-
naria como la suya. ¡Cosa tan rara! No obstante el parecido con su an-
tipático papá, era el chiquillo guapísimo, con tal expresión de inteligencia en aquella cara, que se quedaba uno embobado mirándole;
con tales encantos en su persona y carácter, y rasgos de conducta tan
superiores a su edad, que verle, hablarle y quererle vivamente era
todo uno. ¡Y qué hechicera gravedad la suya, no incompatible con la
inquietud propia de la infancia! ¡Qué gracia mezclada de no sé qué
aplomo inexplicable a sus años! ¡Qué rayo divino en sus ojos algunas
veces, y otras qué misteriosa y dulce tristeza! Espigadillo de cuerpo,
tenía las piernas delgadas, pero de buena forma; la cabeza, más
grande de lo regular, con alguna deformidad en el cráneo. En cuanto
a su aptitud para el estudio llamémosla verdadero prodigio, asombro
de la escuela y orgullo y gala de los maestros. De esto hablaré más
adelante. Sólo he de afirmar ahora que el *Peor* no merecía tal joya,

partly molar[2] and partly olfactory, which that outstanding matron possessed; but for seriousness, for modest demeanor, and for pleasant appearance, no other girl of her age surpassed her. She wasn't vain, but she wasn't careless about her looks, either; she couldn't be faulted for being bold, but not for being shy, either. No one ever observed coquetry in her. From the age in which love buds, down to the time at which I present her, she had only one sweetheart, who, after much courting and sighing, during which he showed the properness of his intentions in a thousand ways, was admitted to the household toward the end of Doña Silvia's life, and with Father's consent, continued to call afterward, in compliance with that time-honored lover's custom. He was a *chico*, or student, of medicine, but he was also *chico*, or small, in every sense of the word, because he rose above the ground as little as a man can; studious, innocent, very good-natured, and from La Mancha to boot. This chaste relationship had been going on for four years, and at the time of this narrative, his schooling was over, little Quevedo (that's what they called him) was practicing medicine, and it was time for them to marry. The Worst was satisfied with the girl's choice and praised her wisdom, her scorn for vain appearances, and her exclusive concern for the solid and the practical.

Well, if we turn our eyes away from Rufina and look at Torquemada's younger scion, we'll find a better explanation for the vanity his offspring inspired in him; because (I say this sincerely) I've never come across a cuter child than that Valentín, or any charm as extraordinary as his. What an unusual thing! Despite his similarity in looks to his repulsive father, the boy was very handsome, with such an intelligent expression on his face that he was fascinating to look at; with such delights of body and mind, and behavioral traits so far ahead of his age, that to see him and speak to him was to love him dearly. And how bewitching his seriousness was, not at all incompatible with the restlessness characteristic of childhood! What grace, mingled with a certain self-assurance inexplicable at his age! What a divine flash in his eyes at times, and at other times what a mysterious, sweet sadness! He was rather slender, and his legs were thin but well formed; his head was larger than the average, with a little deformity in the cranium. Regarding his aptitude for study, let's call it a true marvel; he was the awe of his classmates and the pride and joy of his teachers. I'll say more about this later. Now I merely wish to affirm that the Worst didn't deserve such a jewel (in what way did he deserve it?)

---

2. Some editions read *morales* ("moral") instead of *molares*, but *morales* is feeble and doesn't make much sense in this context, whereas *molares* seems closely related to *olfativas* (a sense of smell implies a flair for something, in this case business). *Molares* may imply that Doña Silvia "gobbled up" her customers.

¡qué había de merecerla!, y que si fuese hombre capaz de alabar a
Dios por los bienes con que le agraciaba, motivos tenía el muy tuno
para estarse, como Moisés, tantísimas horas con los brazos levantados
al cielo. No los levantaba, porque sabía que del cielo no había de
caerle ninguna breva de las que a él le gustaban.

II

Vamos a otra cosa. Torquemada no era de esos usureros que se pasan la
vida multiplicando caudales por el gustazo platónico de poseerlos, que
viven sórdidamente para no gastarlos y al morirse quisieran, o bien
llevárselos consigo a la tierra, o esconderlos donde alma viviente no los
pueda encontrar. No; don Francisco habría sido así en otra época; pero
no pudo eximirse de la influencia de esta segunda mitad del siglo XIX,
que casi ha hecho una religión de las materialidades decorosas de la
existencia. Aquellos avaros de antiguo cuño, que afanaban riquezas y
vivían como mendigos y se morían como perros en un camastro lleno de
pulgas y de billetes de Banco metidos entre la paja, eran los místicos o
metafísicos de la usura; su egoísmo se sutilizaba en la idea pura del negocio; adoraban la santísima, la inefable cantidad, sacrificando a ella su
material existencia, las necesidades del cuerpo y de la vida, como el mís-
tico lo pospone todo a la absorbente idea de salvarse. Viviendo el *Peor*
en una época que arranca de la desamortización, sufrió, sin compren-
derlo, la metamorfosis que ha desnaturalizado la usura metafísica, con-
virtiéndolo en positivista, y si bien es cierto, como lo acredita la Historia,
que desde el 51 al 68, su verdadera época de aprendizaje, andaba muy
mal trajeado y con afectación de pobreza, la cara y las manos sin lavar,
rascándose a cada instante en brazos y piernas, cual si llevase miseria; el
sombrero con grasa, la capa deshilachada; si bien consta también en las
crónicas de la vecindad que en su casa se comía de vigilia casi todo el
año y que la señora salía a sus negocios con una toquilla agujereada y
unas botas viejas de su marido, no es menos cierto que alrededor del 70
la casa estaba ya en otro pie; que mi doña Silvia se ponía muy maja en
ciertos días; que don Francisco se mudaba de camisa más de una vez
por quincena; que en la comida había menos carnero que vaca y los
domingos se añadía al cocido un despojito de gallina; que aquello de
judías a todo pasto y algunos días pan seco y salchicha cruda fue

and that, if he were a man capable of praising God for the good things he had awarded him, that crook had every reason to lift his arms up to Heaven for hours and hours, like Moses.[3] He didn't uplift them, because he knew that no windfall of the type he liked was liable to drop upon him from Heaven.

II

Let's change the subject. Torquemada wasn't one of those usurers who spend their lives multiplying their wealth for the odd Platonic pleasure of possessing it, who live sordidly to avoid spending it, and who, when dying, would like either to bury it with them in the earth or else to hide it where no living soul could find it. No; Don Francisco would have been like that in another era, but he couldn't escape the influence of this second half of the nineteenth century, which has nearly made a religion of worldly possessions appropriate to one's station. Those misers of the old sort, who slaved away for riches and lived like beggars and died like dogs on pallets full of fleas, with banknotes stuffed in the straw, were the mystics or metaphysicians of usury; their selfishness was refined into the pure Idea of business; they worshipped sacrosanct, ineffable Quantity, sacrificing to it their material existence, the needs of their body and of their life, just as the mystic subordinates all else to the all-absorbing idea of his salvation. The Worst, living in an era that stemmed from the expropriation of ecclesiastical and aristocratic property, suffered (without understanding it) from the metamorphosis which has denatured metaphysical usury, changing it into a Positivist one; and if it's true, as history attests, that between 1851 and 1868, his true period of apprenticeship, he went around very badly dressed and with the semblance of poverty, his face and hands unwashed, scratching his arms and legs every minute as if he had lice, his hat greasy and his cape frayed; if it's also recorded in the neighborhood chronicles that his home meals were meatless almost all year round, and that his wife went out on business wearing a kerchief full of holes and a pair of her husband's old boots, it's no less true that around 1870 the household was already on a different footing; that my Doña Silvia dressed up very finely on certain days; that Don Francisco changed his shirt more than twice a month; that in their meals there was less mutton than beef,[4] and that on Sundays chicken giblets were added to the casserole; that their habit of

3. Exodus 17:11; Moses keeps his arms upraised to gain a military victory. 4. A humorous reference to the opening lines of *Don Quijote*.

pasando a la historia; que el estofado de contra apareció en determinadas fechas por las noches, y también pescados, sobre todo en tiempo de blandura, que iban baratos; que se iniciaron en aquella mesa las chuletas de ternera y la cabeza de cerdo, salada en casa por el propio Torquemada, el cual era un famoso salador; que, en suma y para no cansar, la familia toda empezaba a tratarse como Dios manda.

Pues en los últimos años de doña Silvia, la transformación acentuóse más. Por aquella época cató la familia los colchones de muelles; Torquemada empezó a usar chistera de cincuenta reales, disfrutaba dos capas, una muy buena, con embozos colorados; los hijos iban bien apañaditos; Rufina tenía un lavabo de los de mírame y no me toques, con jofaina y jarro de cristal azul, que no se usaba nunca por no estropearlo; doña Silvia se engalanó con un abrigo de pieles que parecían de conejo, y dejaba bizca a toda la calle de Tudescos y callejón del Perro cuando salía con la *visita* guarnecida de abalorio; en fin, que pasito a paso y a codazo limpio, se habían ido metiendo en la clase media, en nuestra bonachona clase media, toda necesidades y pretensiones, y que crece tanto, tanto, ¡ay dolor!, que nos estamos quedando sin pueblo.

Pues, señor, revienta doña Silvia, y empuñadas por Rufina las riendas del gobierno de la casa, la metamorfosis se marca mucho más. A reinados nuevos, principios nuevos. Comparando lo pequeño con lo grande y lo privado con lo público, diré que aquello se me parecía a la entrada de los liberales, con su poquito de sentido revolucionario en lo que hacen y dicen. Torquemada representaba la idea conservadora; pero transigía, ¡pues no había de transigir!, doblegándose a la lógica de los tiempos. Apechugó con la camisa limpia cada media semana; con el abandono de la capa número dos para de día, relegándola al servicio nocturno; con el destierro absoluto del hongo número tres, que no podía ya con más sebo; aceptó, sin viva protesta, la renovación de manteles entre semana, el vino a pasto, el cordero con guisantes (en su tiempo), los pescados finos en Cuaresma y el pavo en Navidad; toleró la vajilla nueva para ciertos días; el chaquet con trencilla, que en él era un refinamiento de etiqueta, y no tuvo nada que decir de las modestas galas de Rufina y de su hermanito, ni de la alfombra del gabinete, ni de otros muchos progresos que se fueron metiendo en casa a modo de contrabando.

Y vio muy pronto don Francisco que aquellas novedades eran buenas y que su hija tenía mucho talento, porque . . . , vamos, parecía cosa del otro jueves . . . ; echábase mi hombre a la calle y se sentía, con la buena ropa, más persona que antes; hasta le salían mejores negocios,

eating beans with every meal, and dry bread and raw sausage on some days, was receding into history; that stewed meat, besides, turned up at night on certain occasions, as well as fish, especially in periods of mild weather, when it was cheap; that veal chops and hog's heads began appearing on that table, the heads cured at home by Torquemada himself, who was a great hand at salting and curing; that, to be brief and not tiresome, the whole family was beginning to treat itself properly.

Well, during Doña Silvia's last years the transformation was more accentuated. In that period the family enjoyed mattresses with springs; Torquemada began to wear a silk hat that cost fifty *reales*, and had two capes, one of them very good, with red flaps; the children were well dressed; Rufina had a washstand of the most precious, fragile kind, with a basin and pitcher of blue glass, which was never used so it wouldn't be damaged; Doña Silvia decked herself out in a fur coat that looked like rabbit, and dazzled all of the Calle de Tudescos and Callejón del Perro when she sallied out wearing her short cape trimmed with beads; finally, little by little and by dint of vigorous elbowing, they had risen to the middle class, our good-natured middle class, which consists entirely of needs and pretensions, and which, alas, is growing so fast that we have almost no common people left.

Well, sir, Doña Silvia kicked the bucket, and when the reins of housekeeping were taken over by Rufina, the transformation was much more visible. New queen, new constitution. Comparing small things with great, and private matters with public, I'd say that I found it to be like the coming to power of the Liberals, with their hint of the revolutionary in all that they do and say. Torquemada represented the conservative idea, but he made compromises (didn't he have to?), yielding to the logic of the times. He put up with clean shirts twice a week, with the abandonment of cape number two in the daytime, relegating it to night service, and with the total banishment of derby number three, which had no room for any more grease; without a strong protest he accepted a change of tablecloth during the course of a week, wine in abundance, lamb with peas (in season), good fish during Lent, and turkey at Christmas; he tolerated new tableware on certain days and the cutaway with braid (which to him was an exaggeration of etiquette); and he had no objection to the modest finery of Rufina and her little brother, or to the carpet in the parlor, or to the many other novelties that were gradually smuggled into the house.

And Don Francisco saw very soon that those changes were good, and that his daughter was very intelligent, because . . . well, it just seemed extraordinary! My hero would go outside and, with his good clothes, he'd feel like more of a person than formerly; he even got better business deals

más amigos útiles y explotables. Pisaba más fuerte, tosía más recio, hablaba más alto y atrevíase a levantar el gallo en la tertulia del café, notándose con bríos para sustentar una opinión cualquiera, cuando antes, por efecto, sin duda, del mal pelaje y de su rutinaria afectación de pobreza, siempre era de la opinión de los demás. Poco a poco llegó a advertir en sí los alientos propios de su capacidad social y financiera; se tocaba, y el sonido le advertía que era propietario y rentista. Pero la vanidad no le cegó nunca. Hombre de composición homogénea, compacta y dura, no podía incurrir en la tontería de estirar el pie más del largo de la sábana. En su carácter había algo resistente a las mudanzas de formas impuestas por la época, y así como no varió nunca su manera de hablar, tampoco ciertas ideas y prácticas del oficio se modificaron. Prevaleció el amaneramiento de decir siempre que los tiempos eran muy malos, pero muy malos; el lamentarse de la desproporción entre sus míseras ganancias y su mucho trabajar; subsistió aquella melosidad de dicción y aquella costumbre de preguntar por la familia siempre que saludaba a alguien, y el decir que no andaba bien de salud, haciendo un mohín de hastío de la vida. Tenía ya la perilla amarillenta, el bigote más negro que blanco, ambos adornos de la cara tan recortaditos, que antes parecían pegados que nacidos allí. Fuera de la ropa, mejorada en calidad, si no en la manera de llevarla, era el mismo que conocimos en casa de doña Lupe *la de los Pavos;* en su cara la propia confusión extraña de lo militar y lo eclesiástico, el color bilioso, los ojos negros y algo soñadores, el gesto y los modales expresando lo mismo afeminación que hipocresía, la calva más despoblada y más limpia, y todo él craso, resbaladizo y repulsivo, muy pronto siempre cuando se le saludaba a dar la mano, por cierto bastante sudada.

De la precoz inteligencia de Valentinito estaba tan orgulloso, que no cabía en su pellejo. A medida que el chico avanzaba en sus estudios, don Francisco sentía crecer el amor paterno, hasta llegar a la ciega pasión. En honor del tacaño, debe decirse que, si se conceptuaba reproducido físicamente en aquel pedazo de su propia naturaleza, sentía la superioridad del hijo, y por esto se congratulaba más de haberle dado el ser. Porque Valentinito era el prodigio de los prodigios, un jirón excelso de la divinidad caído en la tierra. Y Torquemada, pensando en el porvenir, en lo que su hijo había de ser, si viviera, no se conceptuaba digno de haberlo engendrado, y sentía ante él la ingénita cortedad de lo que es materia frente a lo que es espíritu.

En lo que digo de las inauditas dotes intelectuales de aquella

and more friends who were useful and exploitable. His step was firmer, his cough was stronger, his voice was louder, and he was emboldened to speak arrogantly to his coffeehouse cronies, displaying energy while maintaining one of his opinions; whereas formerly, no doubt because of his bad clothes and his routine pretense of poverty, he had always shared other people's opinions. Gradually he came to observe in himself the verve befitting his social and financial standing; he struck himself, and the ring he emitted informed him that he was a landlord and a man of means. But he was never blinded by vanity. A man of a homogeneous nature, compact and firm, he was unable to fall into the folly of extending himself beyond his capacities. His character contained an element resistant to the changes in style imposed by the era, and just as he never changed his way of speaking, certain notions and practices relating to his profession were never altered, either. He retained the mannerism of always saying that times were very bad, very bad indeed; of complaining about the disproportion between his miserable earnings and his enormous efforts; he hung onto his mealy-mouthed terminology and his habit of asking everyone he said hello to about their family; and of saying that his health was bad, while grimacing as if weary of life. His goatee was now yellowish, his mustache still more black than white, and both those facial adornments were trimmed so closely that they seemed pasted on rather than natural features. Outside of his clothing, which was better in quality even though he didn't wear it any better, he was the same man we met in the home of Doña Lupe "of the turkeys"; his face still displayed that odd mingling of the military and the ecclesiastical, his color was bilious, his eyes very dark and somewhat dreamy, his features and manners just as expressive of effeminacy as of hypocrisy, his bald spot wider, his hair sparser, and his entire person crass, slippery, and repulsive; he was very ready, when someone greeted him, to hold out his hand, which was sure to be pretty sweaty.

He was so proud of Valentinito's precocious intelligence that he couldn't contain himself. All the while that the boy progressed in his studies, Don Francisco felt his paternal love growing until it became blind passion. To the miser's credit, it must be said that if he considered that he was physically reproduced in that piece of his own essence, he nevertheless sensed his son's superiority and thus congratulated himself even more for having given him his existence. Because Valentinito was the prodigy of prodigies, a sublime shred of deity which had fallen to earth. And Torquemada, thinking of the future, of what his son would become, if he lived, didn't deem himself worthy of having begotten him, and in his presence he felt the innate inferiority of the material vis-à-vis the spiritual.

In what I say about that child's unheard-of intellectual gifts, let no one

criatura no se crea que hay la más mínima exageración. Afirmo con toda ingenuidad que el chico era de lo más estupendo que se puede ver, y que se presentó en el campo de la enseñanza como esos extraordinarios ingenios que nacen de tarde en tarde destinados a abrir nuevos caminos a la humanidad. A más de la inteligencia, que en edad temprana despuntaba en él como aurora de un día espléndido, poseía todos los encantos de la infancia, dulzura, gracejo y amabilidad. El chiquillo, en suma, enamoraba, y no es de extrañar que don Francisco y su hija estuvieran loquitos con él. Pasados los primeros años, no fue preciso castigarle nunca, ni aun siquiera reprenderle. Aprendió a leer por arte milagroso, en pocos días, como si lo trajera sabido ya del claustro materno. A los cinco años sabía muchas cosas que otros chicos aprenden difícilmente a los doce. Un día me hablaron de él dos profesores amigos míos que tienen colegio de primera y segunda enseñanza, lleváronme a verle y me quedé asombrado. Jamás vi precocidad semejante ni un apuntar de inteligencia tan maravilloso. Porque si algunas respuestas las endilgó de tarabilla, demonstrando el vigor y riqueza de su memoria, en el tono con que decía otras se echaba de ver cómo comprendía y apreciaba el sentido.

La Gramática la sabía de carretilla; pero la Geografía la dominaba como un hombre. Fuera del terreno escolar, pasmaba ver la seguridad de sus respuestas y observaciones, sin asomos de arrogancia pueril. Tímido y discreto, no parecía comprender que hubiese mérito en las habilidades que lucía, y se asombraba de que se las ponderasen y aplaudiesen tanto. Contáronme que en su casa daba muy poco que hacer. Estudiaba las lecciones con tal rapidez y facilidad, que le sobraba tiempo para sus juegos, siempre muy sosos e inocentes. No le hablaran a él de bajar a la calle para enredar con los chiquillos de la vecindad. Sus travesuras eran pacíficas y consistieron, hasta los cinco años, en llenar de monigotes y letras el papel de las habitaciones o arrancarle algún cacho; en echar desde el balcón a la calle una cuerda muy larga, con la tapa de una cafetera, arriándola hasta tocar el sombrero de un transeúnte y recogiéndola después a toda prisa. A obediente y humilde no le ganaba ningún niño, y por tener todas las perfecciones, hasta maltrataba la ropa lo menos que maltratarse puede.

Pero sus inauditas facultades no se habían mostrado todavía; iniciáronse cuando estudió la Aritmética, y se revelaron más adelante en la segunda enseñanza. Ya desde sus primeros años, al recibir las nociones elementales de la ciencia de la cantidad, sumaba y restaba de memoria decenas altas y aun centenas. Calculaba con tino infalible, y su padre mismo, que era un águila para hacer en el filo de la imaginación cuen-

think there's the slightest exaggeration. I affirm with all frankness that the boy was as stupendous as can be seen, and that he showed himself in the field of education like those extraordinary geniuses who are born from time to time, destined to blaze new trials for mankind. In addition to his intelligence, which budded in him at an early age like the dawn of a glorious day, he possessed all the enchantments of childhood, sweetness, charm, and amiability. In a word, the boy made you fall in love with him, and it isn't surprising that Don Francisco and his daughter were crazy about him. After his first years it was never necessary to punish him or even to scold him. He learned how to read miraculously, in a few days, as if he had already known how while in his mother's womb. At five he knew many things which other children find hard to learn at twelve. One day two teachers spoke to me about him, friends of mine who run a combined elementary and secondary school; they took me to see him and I was dumbfounded. I've never seen such precociousness or such a wonderful dawning of intelligence. Because, if he rattled off some answers mechanically, merely displaying the power and richness of his memory, the tone in which he stated others indicated just how well he understood and sensed the meaning of the subject.

He knew grammar by heart; but he was a master of geography like an adult. Outside of school subjects, it was amazing to see the firmness of his answers and remarks, with no trace of childish pride. Bashful and prudent, he didn't seem to grasp that there was any merit in the aptitudes he displayed, and he was amazed to hear them so greatly praised and applauded. They told me that at home he gave little trouble. He studied his lessons with such speed and ease that he had time left for his games, which were always very naïve and innocent. There was no question of going outside and romping with the neighborhood children. His pranks were peaceful and, up to the age of five, consisted of covering the wallpaper of the rooms with caricatures and writing, or tearing off a chunk; of lowering a very long rope down to the street, with the lid of a coffeepot, letting it down until it touched a passerby's hat and then pulling it up again at full speed. No child surpassed him in obedience and humility, and, because he possessed every perfection, he even mistreated his clothes as little as possible.

But his amazing talents had not yet shown themselves; they began when he studied arithmetic, and were further revealed when he was at the secondary level. From his earliest years, upon receiving the basic notions of the science of quantity, he would add and subtract figures in the high tens, and even hundreds, in his head. He calculated with unerring skill, and even his father, who was an ace at calculating interest mentally,

tas por la regla de interés, le consultaba no pocas veces. Comenzar Valentín el estudio de las matemáticas de instituto y revelar de golpe toda la grandeza de su numen aritmético fue todo uno. No aprendía las cosas, las sabía ya, y el libro no hacía más que despertarle las ideas, abrírselas, digámoslo así, como si fueran capullos que al calor primaveral se despliegan en flores. Para él no había nada difícil ni problema que le causara miedo. Un día fue el profesor a su padre y le dijo:

—Ese niño es cosa inexplicable, señor Torquemada: o tiene el diablo en el cuerpo o es el pedazo de divinidad más hermoso que ha caído en la tierra. Dentro de poco no tendré nada que enseñarle. Es Newton resucitado, señor don Francisco; una organización excepcional para las matemáticas, un genio que sin duda se trae fórmulas nuevas debajo del brazo para ensanchar el campo de la ciencia. Acuérdese usted de lo que digo: cuando este chico sea hombre asombrará y trastornará el mundo.

Cómo se quedó Torquemada al oír esto se comprenderá fácilmente. Abrazó al profesor, y la satisfacción le rebosaba por ojos y boca en forma de lágrimas y babas. Desde aquel día, el hombre no cabía en sí: trataba a su hijo no ya con amor, sino con cierto respeto supersticioso. Cuidaba de él como de un ser sobrenatural, puesto en sus manos por especial privilegio. Vigilaba sus comidas, asustándose mucho si no mostraba apetito; al verle estudiando recorría las ventanas para que no entrase aire, se enteraba de la temperatura exterior antes de dejarle salir para determinar si debía ponerse bufanda o el *carrik* gordo o las botas de agua; cuando dormía andaba de puntillas; le llevaba a paseo los domingos o al teatro, y si el angelito hubiese mostrado afición a juguetes extraños y costosos, Torquemada, vencida su sordidez, se los hubiera comprado. Pero el fenómeno aquel no mostraba afición sino a los libros: leía rápidamente y como por magia, enterándose de cada página en un abrir y cerrar de ojos. Su papá le compró una obra de viajes con mucha estampa de ciudades europeas y de comarcas salvajes. La seriedad del chico pasmaba a todos los amigos de la casa, y no faltó quien dijera de él que parecía un viejo. En cosas de malicia era de una pureza excepcional: no aprendía ningún dicho ni acto feo de los que saben a su edad los retoños desvergonzados de la presente generación. Su inocencia y celestial donosura casi nos permitían conocer a los ángeles como si los hubiéramos tratado, y su reflexión rayaba en lo maravilloso. Otros niños, cuando les preguntaban lo que quieren ser, responden que obispos o generales si despuntan por la vanidad; los que pican por la destreza corporal dicen que cocheros, atletas o payasos de circo; los inclinados a la imitación, actores, pintores . . .

consulted him very often. As soon as Valentín began studying high-school math, he revealed the full range of his arithmetical wizardry. He didn't learn things, he already knew them, and the book did no more than awaken ideas in his mind, opening them for him, so to speak, as if they were buds which in the warmth of spring unfurl into blossoms. For him there was nothing difficult, no problem that could scare him. One day the teacher went to his father and said:

"This child is something unexplainable, Señor Torquemada: either he's got a devil in him, or else he's the most beautiful scrap of deity that has ever fallen to earth. Before long I won't have anything left to teach him. He's Newton come back to life, Don Francisco; an exceptional predisposition for mathematics, a genius who's sure to come up with new formulas to widen the field of knowledge. Mark what I tell you: when this boy is a man, he'll astonish the world and stand it on its ear."

It will easily be grasped how Torquemada felt when he heard that. He hugged the teacher, his contentment overflowing from his eyes and mouth in the form of tears and drool. From that day on, the man couldn't contain himself: he treated his son no longer with love, but with a superstitious respect. He took care of him as if he were a supernatural being that had been deposited in his hands by a special privilege. He watched over his meals, getting very frightened if he seemed to have no appetite; when he found him studying, he'd run from one window to another to see that no draft was coming in; he inquired about the temperature outdoors before letting him go out, so he could decide whether he needed to wear his scarf or his heavy overcoat or his waterproof boots; when the boy was asleep he walked around on tiptoe; on Sundays he took him out for a stroll or to the theater, and if the little angel had manifested any pleasure in unusual and expensive toys, Torquemada would have overcome his stinginess and bought them for him. But that prodigy showed no interest in anything but books: he read rapidly, as if by magic, absorbing every page in the twinkling of an eye. His father bought him a travel book with numerous engravings of European cities and primitive regions. The boy's seriousness astounded all the friends of the household, and some even said he was like an old man. As regards naughtiness, he was exceptionally innocent: he never learned any of those foul words or actions that the shameless offspring of the present generation know at his age. His purity and divine gracefulness almost allowed us to know the angels as if we consorted with them, and his powers of thought bordered on the miraculous. When other children were asked what they wanted to be, they'd reply "bishops" or "generals" if vanity was their chief trait; those who were interested in physical dexterity said "coachmen,"

Valentinito, al oír la pregunta, alzaba los hombros y no respondía nada. Cuando más, decía «No sé», y al decirlo clavaba en su interlocutor una mirada luminosa y penetrante, vago destello del sinfín de ideas que tenía en aquel cerebrazo, y que en su día habían de iluminar toda la tierra.

Mas el *Peor*, aun reconociendo que no había carrera a la altura de su milagroso niño, pensaba dedicarlo a ingeniero, porque la abogacía es cosa de charlatanes. Ingeniero; pero ¿de qué? ¿Civil o militar? Pronto notó que a Valentín no le entusiasmaba la tropa y que, contra la ley general de las aficiones infantiles, veía con indiferencia los uniformes. Pues ingeniero de Caminos. Por dictamen del profesor del colegio, fue puesto Valentín antes de concluir los años de bachillerato en manos de un profesor de estudios preparatorios para carreras especiales, el cual, luego que tanteó su colosal inteligencia, quedóse atónito, y un día salió asustado, con las manos en la cabeza, y corriendo en busca de otros maestros de matemáticas superiores, les dijo:

—Voy a presentarles a ustedes el monstruo de la edad presente.

Y le presentó y se maravillaron, pues fue el chico a la pizarra, y como quien garabatea por enredar y gastar tiza, resolvió problemas dificilísimos. Luego hizo de memoria diferentes cálculos y operaciones, que aun para los más peritos no son coser y cantar. Uno de aquellos maestrazos, queriendo apurarle, le echó el cálculo de radicales numéricos, y como si le hubieran echado almendras. Lo mismo era para él la raíz enésima que para otros dar un par de brincos. Los tíos aquellos, tan sabios, se miraron absortos, declarando no haber visto caso ni remotamente parecido.

Era en verdad interesante aquel cuadro y digno de figurar en los anales de la ciencia: cuatro varones de más de cincuenta años, calvos y medio ciegos de tanto estudiar, maestros de maestros, congregábanse delante de aquel mocoso, que tenía que hacer sus cálculos en la parte baja del encerado, y la admiración los tenía mudos y perplejos, pues ya le podían echar dificultades al angelito, que se las bebía como agua. Otro de los examinadores propuso las homologías, creyendo que Valentín estaba raso de ellas, y cuando vieron que no, los tales no pudieron contener su entusiasmo: uno le llamó el Anticristo; otro le cogió en brazos y se lo puso a la pela, y todos se disputaban sobre quién se le llevaría, ansiosos de completar la educación del primer matemático del siglo. Valentín los miraba sin orgullo ni cortedad, inocente y dueño de sí, como Cristo niño entre los doctores.

"athletes," or "circus clowns"; those with an inclination for imitation said "actors" or "painters." When Valentinito heard that question, he'd shrug his shoulders without making any reply. At the outside, he'd say "I don't know," and, when saying it, he'd stare at the questioner with a luminous, penetrating gaze, a vague flash of the infinity of ideas he had in that mighty brain, ideas which some day would light up the whole world.

But the Worst, though realizing that no profession was good enough for his marvelous child, intended to make him an engineer, because being a lawyer is for charlatans. An engineer, but what kind? Civil or military? He soon observed that Valentine had no enthusiasm for the army and that, contrary to the general rule of childish predilections, he looked on uniforms with indifference. Well, then, an engineer of public works. By a decision of his high-school teacher Valentine was placed in the hands of a teacher who prepared youngsters for special careers, before the boy had completed his secondary studies; as soon as this teacher had examined his colossal intelligence, he was amazed, and one day, in alarm, his hands to his head, he ran out looking for other teachers of higher mathematics and said to them:

"I'm going to introduce to you the phenomenon of the present age."

And he introduced him and they marveled; then the boy went to the blackboard and, as if he were scrawling for fun just to waste chalk, he solved extremely difficult problems. Then, in his head, he performed various calculations and operations that aren't child's play even for experts. One of those upper-level teachers, trying to stump him, made him extract roots, which was like giving him candy. For him, the nth root of a number was like a hop, skip, and jump for others. Those wise old fellows looked at one another, entranced, declaring that they had never seen a case even remotely similar.

Indeed, that scene was interesting, and deserved to be recorded in the annals of science: four men, all of them over fifty, bald and half blind from all their studying, teachers of teachers, were gathered around that little kid, who had to make his calculations on the lower part of the blackboard, and their amazement left them mute and perplexed, because now they could pose difficult problems, which were like water off a duck's back to the little angel. Another of the examiners brought up group theory, believing that Valentín was ignorant of it, and when they saw that this wasn't the case, they couldn't contain their enthusiasm: one called him the Antichrist; another one took him in his arms and sat him on his shoulders, and they all argued over which one would take him, since they were all eager to complete the education of the foremost mathematician of the century. Valentín looked at them without pride or bashfulness, innocent and self-controlled, like the Christ child among the doctors of the law.

III

Basta de matemáticas, digo yo ahora, pues me urge apuntar que Torquemada vivía en la misma casa de la calle de Tudescos donde le conocimos cuando fue a verle la de Bringas para pedirle no recuerdo qué favor, allá por el 68, y tengo prisa por presentar a cierto sujeto que conozco hace tiempo y que hasta ahora nunca menté para nada: un don José Bailón, que iba todas las noches a la casa de nuestro don Francisco a jugar con él la partida de damas o de mus, y cuya intervención en mi cuento es necesaria ya para que se desarrolle con lógica. Este señor Bailón es un clérigo que ahorcó los hábitos el 69, en Málaga, echándose a revolucionario y a librecultista con tan furibundo ardor, que ya no pudo volver al rebaño, ni aunque quisiera le habían de admitir. Lo primero que hizo el condenado fue dejarse crecer las barbas, despotricarse en los clubs, escribir tremendas catilinarias contra los de su oficio, y, por fin, operando *verbo et gladio,* se lanzó a las barricadas con un trabuco naranjero que tenía la boca lo mismo que una trompeta. Vencido y dado a los demonios, le catequizaron los protestantes, ajustándole para predicar y dar lecciones en la capilla, lo que él hacía de malísima gana y sólo por el arrastrado garbanzo. A Madrid vino cuando aquella gentil pareja, don Horacio y doña Malvina, puso su establecimiento evangélico en Chamberí. Por un regular estipendio, Bailón los ayudaba en los oficios, echando unos sermones agridulces, estrafalarios y fastidiosos. Pero al año de estos tratos, yo no sé lo que pasó . . . , ello fue cosa de algún atrevimiento apostólico de Bailón con las neófitas; lo cierto es que doña Malvina, que era persona muy mirada, le dijo en mal español cuatro frescas, intervino don Horacio, denostando también a su coadjutor, y entonces Bailón, que era hombre de muchísima sal para tales casos, sacó una navaja tamaña como hoy y mañana, y se dejó decir que si no se quitaban de delante les echaba fuera el mondongo. Fue tal el pánico de los pobres ingleses, que echaron a correr pegando gritos, y no pararon hasta el tejado. Resumen: que tuvo que abandonar Bailón aquel acomodo, y después de rodar por ahí dando sablazos, fue a parar a la redacción de un periódico muy atrevidillo; como que su misión era echar chinitas de fuego a toda autoridad; a los curas, a los obispos y al mismo Papa. Esto ocurría el 73, y de aquella época datan los opúsculos políticos de actualidad que publicó el clerizonte en el folletín, y de los cuales hizo tiraditas aparte; bobadas escritas en estilo bíblico y que tuvieron, aunque parezca mentira, sus días de éxito.

III

Enough of mathematics, I now say, because I'm eager to indicate that Torquemada was still living in the same house on the Calle de Tudescos in which we made his acquaintance when Señora de Bringas came to see him to ask some favor or other, around the year 1868; and I'm in a hurry to introduce a certain character I've known for some time, though I've never mentioned him up to now: one Don José Bailón, who came to our Don Francisco's house every night for a game of checkers or poker, and whose appearance in my story is now necessary if it is to unfold logically. This Señor Bailón is a former priest who left the Church in 1869, in Málaga, taking on the role of a revolutionary and freethinker with such furious ardor that he could no longer return to the fold; he wouldn't be accepted even if he wanted to. The first thing this scoundrel did was to let his beard grow, to rant and rave in political clubs, and to write fearful philippics against those of his former calling; finally, operating "by word and by sword," he mounted the barricades with a blunderbuss that had a muzzle as wide as a trumpet's bell. Defeated and wildly vengeful, he was converted by Protestants who trained him to preach and give lessons in their chapel, which he did most reluctantly and solely to gain his daily bread. He came to Madrid when that noble couple, Don Horacio and Doña Malvina, set up their evangelical establishment in the proletarian quarter Chamberí. For a regular salary Bailón assisted them in the services, spouting some sweet-and-sour, outlandish, and tiresome sermons. But after those friendly relations had lasted a year, something or other happened, something to do with Bailón's apostolic impudence toward the neophytes; the undeniable fact is that Doña Malvina, who was a very circumspect person, told him off in bad Spanish, Don Horacio joined the fray, also insulting his assistant, and then Bailón, who was a most wise and witty man on such occasions, pulled out an enormous knife and affirmed that if they didn't beat it he'd cut their guts out. The panic which that poor English couple felt was so great that they started to run and scream, not stopping until they had reached the roof. In short: Bailón had to abandon that resource, and after prowling around sponging off people, he wound up in the editorial office of a very bold little newspaper; apparently his mission was to heap coals on all authorities, priests, bishops, and the Pope himself. This occurred in 1873, and it's from that era that his articles date: current-events political pamphlets which the spoiled priest published in the editorial column, and of which he made small separate editions; pieces of nonsense written in a biblical style, which had their

Como que se vendían bien y sacaron a su endiablado autor de más de un apuro.

Pero todo aquello pasó; la fiebre revolucionaria, los folletos de Bailón tuvieron que esconderse, afeitándose para disfrazarse y poder huir al extranjero. A los dos años asomó por aquí otra vez, de bigotes larguísimos, aumentados con parte de la barba, como los que gastaba Víctor Manuel, y por si traía o no traía chismes y mensajes de los emigrados, metiéronle mano y le tuvieron en el Saladero tres meses. Al año siguiente, sobreseída la causa, vivía el hombre en Chamberí, y, según la cháchara del barrio, muy a lo bíblico, amancebado con una viuda rica que tenía rebaño de cabras y además un establecimiento de burras de leche. Cuento todo esto como me lo contaron, reconociendo que en esta parte de la historia patriarcal de Bailón hay gran oscuridad. Lo público y notorio es que la viuda aquella cascó, y que Bailón apareció al poco tiempo con dinero. El establecimiento y las burras y cabras le pertenecían. Arrendólo todo; se fue a vivir al centro de Madrid, dedicándose a *inglés,* y no necesito decir más para que se comprenda de dónde vinieron su conocimiento y tratos con Torquemada, porque bien se ve que éste fue su maestro, le inició en los misterios del oficio y le manejó parte de sus capitales como había manejado los de doña Lupe, la *Magnífica,* más conocida por *la de los Pavos.*

Era don José Bailón un animalote de gran alzada, atlético, de formas robustas y muy recalcado de facciones, verdadero y vivo estudio anatómico por su riqueza muscular. Últimamente había dado otra vez en afeitarse; pero no no tenía cara de cura, ni de fraile, ni de torero. Era más bien un Dante echado a perder. Dice un amigo mío que por sus pecados ha tenido que vérselas con Bailón, que éste es el vivo retrato de la sibila de Cumas, pintada por Miguel Ángel, con las demás señoras sibilas y los profetas, en el maravilloso techo de la Capilla Sixtina. Parece, en efecto, una vieja de raza titánica que lleva en su ceño todas las iras celestiales. El perfil de Bailón y el brazo y pierna, como troncos añosos; el forzudo tórax y las posturas que sabía tomar, alzando una pataza y enarcando el brazo, le asemejaban a esos figurones que andan por los techos de las catedrales, despatarrados sobre una nube. Lástima que no fuera moda que anduviéramos en cueros para que luciese en toda su gallardía académica este ángel de cornisa. En la época en que lo presento ahora pasaba de los cincuenta años.

Torquemada lo estimaba mucho, porque, en sus relaciones de negocios, Bailón hacía gala de gran formalidad y aun de delicadeza. Y como el clérigo renegado tenía una historia tan variadita y dramática,

days of success, unbelievable as that may be. It seems that they sold well and got their devilish author out of many a financial jam.

But all that passed; the revolutionary fever and Bailón's articles had to go underground, and he shaved off his beard to hide his identity and be able to go abroad. Two years later he showed up here again, with a very long mustache that was augmented by part of his beard, like the one worn by King Vittorio Emanuele of Italy. To investigate whether or not he was bearing gossip and messages from the émigrés, he was arrested and held for three months in the Madrid jailhouse. The following year, the case having lapsed, the fellow was living in Chamberí and, according to the neighborhood chitchat, in a very biblical way, cohabiting with a rich widow who kept a flock of goats and also had an asses'-milk dairy. I tell all this as it was told to me, though I realize there is much that is obscure in this part of Bailón's patriarchal history. What is public and well known is that that widow kicked the bucket, and that shortly afterward Bailón was seen to be in funds. The dairy, the donkeys, and the goats belonged to him. He leased everything out and went to live in the center of Madrid, setting himself up as a moneylender, and I need say no more to make it understood how he came to meet and consort with Torquemada, since it's clear that Torquemada was his teacher, initiating him into the mysteries of the profession and handling part of his capital, just as he had managed that of Doña Lupe, the "Magnificent," better known as "the lady of the turkeys."

Don José Bailón was a very tall animal, athletic, robust of body, and with very pronounced features, truly a living anatomical drawing in the development of his musculature. Recently he had started shaving again, but his face was not that of a priest, friar, or bullfighter. He was more like a ruined Dante. A friend of mine says that, for his sins, he was forced to have dealings with Bailón, who he claims is the living portrait of the Cumaean Sibyl painted by Michelangelo, along with the other lady sibyls and the prophets, on the wonderful ceiling of the Sistine Chapel. Indeed she looks like an old lady of the race of Titans, bearing all celestial wrath on her frowning brow. Bailón's profile, his arms and legs like aged tree trunks, his powerful thorax, and the stances he liked to assume, raising one huge foot and bending his arm, made him resemble those huge figures painted on the ceiling of cathedrals, straddling a cloud. Too bad fashion doesn't permit us to walk around in the buff, so that cornice angel could display all of his academic elegance. In the period when I now introduce him he was over fifty.

Torquemada had great esteem for him because in their business dealings Bailón manifested great seriousness and even delicacy. And since the turncoat priest had such a checkered and dramatic history, and knew how

y sabía contarla con mucho aquel, adornándola con mentiras, don
Francisco se embelesaba oyéndole, y en todas las cuestiones de un
orden elevado le tenía por oráculo. Don José era de los que con cuatro ideas y pocas más palabras se las componen para aparentar que
saben lo que ignoran y deslumbrar a los ignorantes sin malicia. El más
deslumbrado era don Francisco, y además el único mortal que leía los
folletos babilónicos a los diez años de publicarse; literatura envejecida
casi al nacer, y cuyo fugaz éxito no comprendemos sino recordando
que la democracia sentimental a estilo de Jeremías tuvo también sus
quince.

Escribía Bailón aquellas necedades en parrafitos cortos, y a veces
rompía con una cosa muy santa: verbigracia: «Gloria a Dios en las alturas y paz, etc.», para salir luego por este registro:

«Los tiempos se acercan, tiempos de redención, en que el Hijo del
Hombre será dueño de la tierra.

»El Verbo depositó hace dieciocho siglos la semilla divina. En
noche tenebrosa fructificó. He aquí las flores.

»¿Cómo se llaman? Los derechos del pueblo.»

Y a lo mejor, cuando el lector estaba más descuidado, le soltaba
ésta:

«He aquí al tirano. ¡Maldito sea!

»Aplicad el oído y decidme de dónde viene ese rumor vago, con-
fuso, extraño.

»Posad la mano en la tierra y decidme por qué se ha estremecido.

»Es el Hijo del Hombre que avanza, decidido a recobrar su primo-
genitura.

»¿Por qué palidece la faz del tirano? ¡Ah! El tirano ve que sus horas
están contadas . . .»

Otras veces empezaba diciendo aquello de: «Joven soldado,
¿adónde vas?» Y por fin, después de mucho marear, quedábase el lector sin saber adónde iba el soldadito, como no fueran todos, autor y
público, a Leganés.

Todo esto le parecía de perlas a don Francisco, hombre de escasa
lectura. Algunas tardes se iban a pasear juntos los dos tacaños, charla
que te charla; y si en negocios era Torquemada la sibila, en otra clase
de conocimientos no había más sibila que el señor de Bailón. En
política, sobre todo, el ex clérigo se las echaba de muy entendido,
principiando por decir que ya no le daba la gana de conspirar; como
que tenía la olla asegurada y no quería exponer su pelleja para hacer
el caldo gordo a cuatro silbantes. Luego pintaba a todos los políticos,
desde el más alto al más oscuro, como un hatajo de pilletes, y les

to recount it with a lot of flair, adorning it with lies, Don Francisco listened to him in enchantment, and considered him an oracle concerning all questions of a loftier nature. Don José was one of those men who, with very few ideas and just a few more words, manage to make people think they know things that they don't, and to dazzle the ignorant who are not too shrewd. The most dazzled was Don Francisco; furthermore, he was the only mortal who still read those flashy articles ten years after they were published—literature that was obsolete almost as soon as it appeared, and the fleeting success of which is comprehensible only if we recall that sentimental democracy in the style of Jeremiah was also young and healthy once.

Bailón wrote that foolishness in short paragraphs, at times coming out with a very sacred phrase, such as "Glory to God in the highest, and peace, etc.," only to follow it with something like:

"The time is drawing nigh, the time of redemption, when the Son of Man will be lord of the earth.

"The Word planted the divine seed eighteen centuries ago. In the darkness of the night it sprouted. Now behold the flowers.

"What are they called? The rights of the people."

And, as like as not, when the reader was most off guard, he came out with:

"Behold the tyrant. Accursed be he!

"Listen carefully and tell me whence comes that vague, confused, strange sound.

"Place your hand on the ground and tell me why it has shaken.

"It is the Son of Man advancing, determined to regain his birthright.

"Why does the tyrant's face grow pale? Ah, the tyrant sees that his days are numbered . . ."

At other times he'd begin by saying: "Young soldier, whither are you bound?" And finally, after much navigating, he'd leave the reader ignorant of where the little soldier was going, unless everybody, the author and his audience, was headed for the Madrid madhouse.

All of this seemed wonderful to Don Francisco, a man who didn't read much. Some afternoons the two misers went walking together, chatting away; and if Torquemada was the Sibyl in business matters, in other fields of knowledge no one was more of a Sibyl than Señor Bailón. In politics especially, the former priest boasted of being well informed, starting out by saying that he no longer had any urge to join conspiracies, inasmuch as he had a steady income and didn't want to risk his skin to enrich a handful of idlers. Then he depicted all politicians, from the highest to the most obscure, as a pack of rogues, and calculated to the cent how much

sacaba la cuenta al céntimo de cuanto habían rapiñado . . . Platicaba mucho también de reformas urbanas, y como Bailón había estado en París y Londres, podía comparar. La higiene pública les preocupaba a entrambos: el clérigo le echaba la culpa de todo a los miasmas, y formulaba unas teorías biológicas que eran lo que había que oír. De astronomía y música también se le alcanzaba algo; no era lego en botánica, ni en veterinaria, ni en el arte de escoger melones. Pero en nada lucía tanto su enciclopédico saber como en cosas de religión. Sus meditaciones y estudios le habían permitido sondear el grande y temerario problema de nuestro destino total.

—¿Adónde vamos a parar cuando nos morimos? Pues volvemos a nacer, esto es claro como el agua. Yo me acuerdo —decía, mirando fijamente a su amigo y turbándole con el tono solemne que daba a sus palabras—, yo me acuerdo de haber vivido antes de ahora. He tenido en mi mocedad un recuerdo vago de aquella vida, y ahora, a fuerza de meditar, puedo verla clara. Yo fui sacerdote en Egipto, ¿se entera usted?, allá por los años de qué sé yo cuántos . . . Sí, señor, sacerdote en Egipto. Me parece que me estoy viendo con una sotana o vestimenta de color de azafrán, y unas al modo de orejeras, que me caían por los lados de la cara. Me quemaron vivo, porque . . . verá usted . . . , había en aquella iglesia, digo templo, una sacerdotisa que me gustaba . . . , de lo más barbián, ¿se entera usted? . . . , ¡y con unos ojos . . . así, y un golpe de caderas, señor don Francisco . . . ! En fin, que aquello se enredó y la diosa Isis y el buey Apis lo llevaron muy a mal. Alborotóse todo aquel cleriguicio, y nos quemaron vivos a la chavala y a mí . . . Lo que le cuento es verdad, como ése es sol. Fíjese usted bien, amigo, revuelva en su memoria; rebusque bien en el sótano y en los desvanes de su ser, y encontrará la certeza de que también usted ha vivido en tiempos lejanos. Su niño de usted, ese prodigio, debe de haber sido antes el propio Newton o Galileo o Euclides. Y por lo que hace a otras cosas, mis ideas son bien claras. Infierno y cielo no existen: papas simbólicas y nada más. Infierno y cielo están aquí. Aquí pagamos tarde o temprano todas las que hemos hecho; aquí recibimos, si no hoy, mañana, nuestro premio, si lo merecemos, y quien dice mañana, dice el siglo que viene . . . Dios, ¡oh!, la idea de Dios tiene mucho busilis . . . , y para comprenderla hay que devanarse los sesos, como me los he devanado yo, dale que dale sobre los libros, y meditando luego. Pues Dios . . . —poniendo unos ojazos muy reventones y haciendo con ambas manos el gesto expresivo de abarcar un grande espacio— es la Humanidad, la Humanidad, ¿se entera usted?, lo cual no quiere decir que deje de ser personal . . . ¿Qué cosa es personal? Fíjese bien. Personal es lo que es uno. Y el gran Conjunto, amigo don Francisco, el gran

they had embezzled. . . . He also chattered a great deal about urban re-
forms, and since Bailón had been in Paris and London, he was able to
make comparisons. Public hygiene was of great interest to both men: the
ex-priest blamed everything on miasmas, and he formulated a few bio-
logical theories that were something to hear. He also had some grasp of
astronomy and music; he was no layman in botany, veterinary medicine,
or the art of choosing melons. But his encyclopedic knowledge was
nowhere in such great evidence as in matters of religion. His meditations
and studies had allowed him to fathom the great, risky problem of our
final destiny.

"Where do we go when we die? Well, we're reborn, that's as clear
as can be. I recall," he'd say, staring at his friend and upsetting him
by the solemn tone which he lent to his words, "I recall having lived
before now. When I was young I had a vague recollection of that life,
and now, by dint of meditating, I can see it clearly. I was a priest in
Egypt, get it?, around the year something or other. Yes, sir, a priest in
Egypt. I seem to see myself wearing a saffron-colored cassock or vest-
ment, with something like earflaps, which covered the sides of my
face. I was burned alive because, as you'll see, in that church, I mean
temple, there was a priestess that I went for, something really special,
get it? What eyes, what a twist of the hips, Don Francisco! Finally the
affair got involved, and the goddess Isis and the ox Apis got very
angry about it. That whole pack of priests got up in arms, and burned
us alive, the girl and me. . . . What I'm telling you is the truth, just as
that's the sun up there. Think hard, my friend, burrow in your memory; search hard in the cellar and attic of your being, and you'll be
sure that you, too, lived in remote times. Your boy, that prodigy, must
have formerly been Newton himself, or Galileo or Euclid. And as for
other matters, my ideas are very clear. Hell and heaven don't exist:
that's just symbolic twaddle and nothing else. Hell and heaven are
here. It's here that sooner or later we pay for all the misdeeds we've
committed; it's here that tomorrow, if not today, we receive our reward if we deserve one, and when I say tomorrow I mean next century. . . . God, oh, the idea of God is very tricky and mysterious . . .
to understand it you've got to rack your brains, as I have done, read-
ing books constantly and then meditating. Because God"—here he
made his eyes bulge out and with both hands performed the gesture
of embracing a large space—"is Mankind, Mankind, get it? Which
doesn't mean that there is no individual God. What is 'individual'?
Pay close attention. 'Individual' is what a man is. And the great
Whole, my friend Don Francisco, the great Whole . . . is one, because

Conjunto . . . , es uno, porque no hay más, y tiene los atributos de un ser infinitamente infinito. Nosotros en montón, componemos la Humanidad, somos los átomos que forman el gran todo; somos parte mínima de Dios, parte minúscula, y nos renovamos como en nuestro cuerpo se renuevan los átomos de la cochina materia . . . ; ¿se va usted enterando?

Torquemada no se iba enterando ni poco ni mucho; pero el otro se metía en un laberinto del cual no salía sino callándose. Lo único que don Francisco sacaba de toda aquella monserga era que *Dios es la Humanidad,* y que la Humanidad es la que nos hace pagar nuestras picardías o nos premia por nuestras buenas obras. Lo demás no lo entendía así le ahorcaran. El sentimiento católico de Torquemada no había sido nunca muy vivo. Cierto que en tiempos de doña Silvia iban los dos a misa por rutina; pero nada más. Pues después de viudo las pocas ideas del Catecismo que el *Peor* conservaba en su mente, como papeles o apuntes inútiles, las barajó con todo aquel fárrago de la Humanidad-Dios, haciendo un lío de mil demonios.

A decir verdad, ninguna de estas teorías ocupaba largo tiempo el magín del tacaño, siempre atento a la baja realidad de sus negocios. Pero llegó un día, mejor dicho, una noche, en que tales ideas hubieron de posesionarse de su mente con cierta tenacidad, por lo que ahorita mismo voy a referir. Entraba mi hombre en su casa al caer de una tarde del mes de febrero, evacuadas mil diligencias con diverso éxito, discurriendo los pasos que daría al día siguiente, cuando su hija, que le abrió la puerta, le dijo estas palabras:

—No te asustes, papá, no es nada . . . Valentín ha venido malo de la escuela.

Las desazones del monstruo ponían a don Francisco en gran sobresalto. La que se le anunciaba podía ser insignificante, como otras. No obstante, en la voz de Rufina había cierto temblor, una veladura, un timbre extraño, que dejaron a Torquemada frío y suspenso.

—Yo creo que no es cosa mayor —prosiguió la señorita—. Parece que le dio un vahído. El maestro fue quien lo trajo en brazos.

El *Peor* seguía clavado en el recibimiento, sin acertar a decir nada ni a dar un paso.

—Le acosté en seguida y mandé un recado a Quevedo para que viniera a escape.

Don Francisco, saliendo de su estupor, como si le hubiesen dado un latigazo, corrió al cuarto del chico, a quien vio en el lecho con tanto abrigo encima, que parecía sofocado. Tenía la cara encendida, los ojos dormilones. Su quietud más era de modorra dolorosa que de sueño

there is no more, and has the attributes of an infinitely infinite being. Taken all together, we comprise Mankind, we're the atoms that form the great ensemble; we're a tiny, a very tiny part of God, and we renew ourselves just as in our body the atoms of filthy matter renew themselves . . . Do you get it?"

Torquemada wasn't getting anything at all, but his friend was entering a labyrinth from which he could only emerge by shutting his mouth. The only thing Don Francisco came away with from all that babble was that "God is Mankind," and that Mankind is what makes us pay for our roguery or rewards us for our good works. The rest he couldn't understand even if he were hanged for it. Torquemada's Catholic feelings had never been very strong. True, when Doña Silvia was alive the two of them would go to mass routinely, but that's all. Then, after becoming a widower, the Worst took those few ideas from the catechism that he still remembered, like useless papers or sketches, and mixed them up with all that nonsense about Mankind-God, making a hell of a mess of it.

To tell the truth, none of those theories filled the miser's thoughts for very long, since he was always preoccupied with the lowly reality of his business. But a day came—rather, a night—when such ideas were to take possession of his mind with some tenacity, because of what I'm going to narrate right this minute. My hero was entering his house at nightfall on one February day, having taken care of a thousand errands with varying success, and he was planning his movements for the following day when his daughter, who let him in, spoke these words to him:

"Don't get scared, father, it's nothing . . . Valentín came home from school feeling sick."

The phenomenon's indispositions always alarmed Don Francisco greatly. The one that was now announced to him might be insignificant, like others. Nevertheless, Rufina's voice had a certain tremble in it, a clouding, a strange timbre that left Torquemada chilled and in suspense.

"I think it's nothing serious," the young lady went on. "It seems that he passed out. It was the teacher who carried him home."

The Worst remained glued to the spot in the vestibule, unable to say a word or take a step.

"I put him to bed right away and sent a message to Quevedo to come at once."

Don Francisco, emerging from his stupor, as if he had been lashed with a whip, ran to the boy's room and found him on bed with so many blankets over him that he seemed to be stifled. His face was flushed, his eyes were sleepy. His repose was more like a painful drowsiness than a relaxed

tranquilo. El padre aplicó su mano a las sienes del inocente monstruo, que abrasaban.

—Pero ese trasto de Quevedillo . . . Así reventara . . . No sé en qué piensa . . . Mira, mejor será llamar otro médico que sepa más.

Su hija procuraba tranquilizarle; pero él se resistía al consuelo. Aquel hijo no era un hijo cualquiera, y no podía enfermar sin que alterara el orden del universo. No probó el afligido padre la comida; no hacía más que dar vueltas por la casa, esperando al maldito médico, y sin cesar iba de su cuarto al del niño, y de aquí al comedor, donde se le presentaba ante los ojos, oprimiéndole el corazón, el encerado en que Valentín trazaba con tiza sus problemas matemáticos. Aún subsistía lo pintado por la mañana: garabatos que Torquemada no entendió, pero que casi le hicieron llorar como una música triste: el signo de raíz, letras por arriba y por abajo, y en otra parte una red de líneas, formando como una estrella de muchos picos con numeritos en las puntas.

Por fin, alabado sea Dios, llegó el dichoso Quevedito y don Francisco le echó la correspondiente chillería, pues ya le trataba como a yerno. Visto y examinado el niño, no puso el médico muy buena cara. A Torquemada se le podía ahogar con un cabello cuando el doctorcillo, arrimándole contra la pared y poniéndole ambas manos en los hombros, le dijo:

—No me gusta nada esto; pero hay que esperar a mañana, a ver si brota alguna erupción. La fiebre es bastante alta. Ya le he dicho a usted que tuviera mucho cuidado con este fenómeno del chico. ¡Tanto estudiar, tanto saber, un desarrollo cerebral disparatado! Lo que hay que hacer con Valentín es ponerle un cencerro al pescuezo, soltarle en el campo en medio de un ganado y no traerle a Madrid hasta que esté bien bruto.

Torquemada odiaba el campo, y no podía comprender que en él hubiese nada bueno. Pero hizo propósito, si el niño se curaba, de llevarle a una dehesa a que bebiera leche a pasto y respirase aires puros. Los aires puros, bien lo decía Bailón, eran cosa muy buena. ¡Ah! Los malditos miasmas tenían la culpa de lo que estaba pasando. Tanta rabia sintió don Francisco, que si coge un miasma en aquel momento lo parte por el eje. Fue la sibila aquella noche a pasar un rato con su amigo, y mira por dónde se repitió la matraca de la Humanidad, pareciéndole a Torquemada el clérigo más enigmático y *latero* que nunca, sus brazos más largos, su cara más dura y temerosa. Al quedarse solo, el usurero no se acostó. Puesto que Rufina y Quevedo se quedaban a velar, él también velaría. Contigua a la alcoba del padre estaba la de

slumber. His father put his hand on the innocent phenomenon's temples; they were blazing.

"But that good-for-nothing, little Quevedo . . . I hope he bursts . . . I don't know what he's thinking of . . . Look, it would be better to call another doctor, who knows more."

His daughter tried to calm him down, but he resisted her attempts at consolation. That son was no ordinary son; he couldn't get sick without upsetting the order of the universe. The sorrowing father tasted no food; all he did was walk around the house, waiting for that damned doctor; ceaselessly he went from his own room to the boy's, and from there to the dining room, where right before his eyes, weighing down his heart, was the oilcloth blackboard on which Valentín wrote out his math problems in chalk. It still contained what he had written that morning: scrawls that Torquemada didn't understand, but which almost made him cry, like sad music: a square-root sign, letters over and under it, and elsewhere a network of lines forming a sort of many-pointed star with little numbers at each point.

Finally, thank God, that confounded little Quevedo arrived, and Don Francisco gave him the proper bawling out, because he was already treating him like a son-in-law. After seeing and examining the boy, the doctor's expression was not very encouraging. You could have hanged Torquemada with a hair when the little doctor, leaning him against the wall and placing both hands on his shoulders, said:

"I don't like this at all; but we've got to wait till tomorrow, to see if some rash breaks out. His fever is quite high. I've already told you to take good care of this unusual child. So much studying, so much learning, an absurd development of the brain! What should be done with Valentín is to hang a bell around his neck, let him loose in the countryside in the middle of a flock, and not bring him back to Madrid until he's become a dumb animal."

Torquemada hated the country, and couldn't see that it had anything in its favor. But he resolved that, if the boy got better, he would take him to a meadow to drink plenty of milk and breathe fresh air. Fresh air, Bailón was right about that, was a very good thing. Ah! Those damned miasmas were to blame for what was happening. Don Francisco was so enraged that, if he could have caught hold of a miasma at that moment, he would have split it wide open. That night the Sibyl came to spend some time with his friend, and lo and behold, he repeated that dumb cliché about Mankind; the ex-priest seemed to Torquemada to be more enigmatic and boring than ever; his arms seemed longer, his face harder and more frightening. When he was left alone, the usurer didn't go to bed. Since Rufina and Quevedo were staying up, he'd stay up, too. Next to the

los hijos, y en ésta, el lecho de Valentín, que pasó la noche inquietísimo, sofocado, echando lumbre de su piel, los ojos atónitos y chispeantes, el habla insegura, las ideas desenhebradas, como cuentas de un rosario cuyo hilo se rompe.

IV

El día siguiente fue todo sobresalto y amargura. Quevedo opinó que la enfermedad era *inflamación de las meninges* y que el chico estaba en peligro de muerte. Esto no se lo dijo al padre, sino a Bailón, para que le fuese preparando. Torquemada y él se encerraron, y de la conferencia resultó que por poco se pegan, pues don Francisco, trastornado por el dolor, llamó a su amigo embustero y farsante. El desasosiego, la inquietud nerviosa, el desvarío del tacaño sin ventura, no se pueden describir. Tuvo que salir a varias diligencias de su penoso oficio, y a cada instante tornaba a casa jadeante, con medio palmo de lengua fuera, el hongo echado hacia atrás. Entraba, daba un vistazo, vuelta a salir. Él mismo traía las medicinas, y en la botica contaba toda la historia: «Un vahído estando en clase, después calentura horrible . . . ¿Para qué sirven los médicos?» Por consejo del mismo Quevedito mandó venir a uno de los más eminentes, el cual calificó el caso de meningitis aguda.

La noche del segundo día, Torquemada, rendido de cansancio, se embutió en uno de los sillones de la sala, y allí se estuvo como media horita, dando vueltas a una pícara idea, ¡ay!, dura y con muchas esquinas, que se le había metido en el cerebro. «He faltado a la Humanidad, y esa muy tal y cual me las cobra ahora con los réditos atrasados . . . No; pues si Dios, o quienquiera que sea, me lleva mi hijo, ¡me voy a volver más malo, más perro . . . ! Ya verán entonces lo que es canela fina. Pues no faltaba otra cosa . . . Conmigo no juegan . . . Pero no, ¡qué disparates digo! No me le quitará, porque yo . . . Eso que dicen de que no he hecho bien a nadie es mentira. Que me lo prueben . . . , porque no basta decirlo. ¿Y los tantísimos a quien he sacado de apuros? . . . Pues ¿y eso? Porque si a la Humanidad le han ido con cuentos de mí: que si aprieto, que si no aprieto . . . , yo probaré . . . Ea, que ya me voy cargando; si no he hecho ningún bien, ahora lo haré; ahora, pues por algo se ha dicho que nunca para el bien es tarde. Vamos a ver: ¿y si yo me pusiera ahora a rezar, qué dirían allá arriba? Bailón me parece a mí que está equivocado, y la Humanidad no debe de ser Dios, sino la Virgen . . . Claro, es hembra, señora . . .

father's bedroom was the children's, and in it was Valentín's bed; the boy spent the night in extreme restlessness, choked up, his skin emitting heat, his eyes astonished and sparkling, his speech unsteady, his thoughts disorganized, like the beads on a rosary when the thread breaks.

IV

The next day was altogether one of alarm and bitterness. Quevedo's diagnosis was that the ailment was inflammation of the meninges, and that the boy was in danger of dying. He didn't tell this to the boy's father, but to Bailón, so he could prepare him for it. He and Torquemada shut themselves in, and the result of the discussion was that they were on the brink of fighting, because Don Francisco, unsettled by his grief, called his friend a swindler and a fraud. The unfortunate miser's worry, nervousness, and wildness can't be described. He had to go out on several errands connected with his troublesome business, and every moment he'd return home panting, his tongue protruding, his derby pushed back on his head. He'd come in, give a glance, and go out again. He brought the medicine himself, and at the pharmacy he'd tell the whole story: "He passed out while in class, then he got a violent fever. What good are doctors?" On the advice of little Quevedo himself, he sent for one of the most eminent, who pronounced the case to be one of acute meningitis.

On the night of the second day, Torquemada, overcome with weariness, squeezed into one of the armchairs in the parlor, where he remained for about a half hour, turning around in his mind a damned idea, yes, a tough one with many sharp edges, which had entered his brain. "I've let Mankind down, and that bitch is now collecting the overdue interest from me . . . No; because if God, or whoever, takes my son away from me, I'm going to become more evil, more vicious! Then they'll see what lengths I'll go to! This is the limit . . . No one is fooling around with me . . . But no, what nonsense I'm talking! He won't take him away from me, because I . . . What they say about my never having done anyone a good turn is a lie. Let them prove it, because just saying it isn't enough! And all those people I've gotten out of a jam? . . . Because, what about that? Because if they've gone to Mankind with stories about me—that I dun them, that I don't dun them—I'll prove . . . There, I'm wearing myself out; if I haven't done any good so far, now I will; *now*, because it isn't for nothing that people say it's never too late to do good. Let's see: what if I started praying now, what would they say up there? I think that Bailón is mistaken, and Mankind isn't God, but the Virgin Mary . . . Of course,

No, no, no . . . , no nos fijemos en el materialismo de la palabra. La Humanidad es Dios, la Virgen y todos los santos juntos . . . Tente, hombre, tente, que te vuelves loco . . . Tan sólo saco en limpio que no habiendo buenas obras, todo es, como si dijéramos, basura . . . ¡Ay Dios, qué pena, qué pena! . . . Si me pones bueno a mi hijo, yo no sé qué cosas haría; pero ¡qué cosas tan magníficas y tan . . . ! Pero ¿quién es el sinvergüenza que dice que no tengo apuntada ninguna buena obra? Es que me quieren perder, me quieren quitar a mi hijo, al que ha nacido para enseñar a todos los sabios y dejarlos tamañitos. Y me tienen envidia, porque soy su padre, porque de estos huesos y de esta sangre salió aquella gloria del mundo . . . Envidia; pero ¡qué envidiosa es esta puerca Humanidad! Digo, la Humanidad no, porque es Dios . . . ; los hombres, los prójimos, nosotros, que somos todos muy pillos, y por eso nos pasa lo que nos pasa . . . Bien merecido nos está . . . , bien merecido nos está.»

Acordóse entonces de que al día siguiente era domingo y no había extendido los recibos para cobrar los alquileres de su casa. Después de dedicar a esta operación una media hora descansó algunos ratos, estirándose en el sofá de la sala. Por la mañana, entre nueve y diez, fue a la cobranza dominguera. Con el no comer y el mal dormir y la acerbísima pena que le destrozaba el alma estaba el hombre *mismamente* del color de una aceituna. Su andar era vacilante, y sus miradas vagaban inciertas, perdidas, tan pronto barriendo el suelo como disparándose a las alturas. Cuando el remendón que en el sucio portal tenía su taller vio entrar al casero y reparó en su cara descompuesta y en aquel andar de beodo, asustóse tanto, que se le cayó el martillo con que clavaba las tachuelas. La presencia de Torquemada en el patio, que todos los domingos era una desagradabilísima aparición, produjo aquel día verdadero pánico, y mientras algunas mujeres corrieron a refugiarse en sus respectivos aposentos, otras, que debían de ser malas pagadoras y que observaron la cara que traía la fiera, se fueron a la calle. La cobranza empezó por los cuartos bajos y pagaron sin chistar el albañil y las dos pitilleras, deseando que se les quitase de delante la aborrecida estampa de don Francisco. Algo desusado y anormal notaron en él, pues tomaba el dinero maquinalmente y sin examinarlo con roñosa nimiedad, como otras veces, cual si tuviera el pensamiento a cien leguas del acto importantísimo que estaba realizando; no se le oían aquellos refunfuños de perro mordelón, ni inspeccionó las

it's a female, a lady . . . No, no, no . . . let's not rely on the face value of the word.[5] Mankind is God, the Virgin, and all the saints combined . . . Get hold of yourself, man, get hold of yourself, you're going crazy . . . The only thing I'm clear about is that without good works everything is garbage, so to speak . . . Oh, God, what pain, what pain! . . . If you make my son well, I don't know what I'd do; what magnificent things, what . . . ! But who is that shameless person who says I haven't chalked up any good deed? The fact is, they want to ruin me, they want to take away my son, whom I begot so he could teach all the scholars and reduce them all to size. And they're envious of me because I'm his father, because it was from this flesh and blood that that glory of the world emerged . . . Envy; how envious that swine Mankind is! No, not Mankind, because it's God . . . people, our fellow men, we ourselves, great scoundrels every one of us, and that's why the things that happen to us happen . . . It serves us right . . . it serves us right."

Then he remembered that the next day was Sunday and he had not yet drawn up the receipts for collecting the rent in his house. After spending half an hour on that chore, he rested for a while, stretching out on the sofa in the parlor. In the morning, between nine and ten, he set out on his Sunday collection. What with his fasting, his lack of sleep, and the bitter pain that was racking his soul, the fellow was exactly the color of an olive. His gait was unsteady, and his gaze wandered about uncertain and lost, now sweeping the ground, now shooting up to the sky. When the shoemaker who had his workshop in the dirty entranceway saw the landlord coming in and noticed his disturbed expression and his walk, like a drunkard's, he got so scared that he dropped the hammer with which he had been nailing in his tacks. Torquemada's presence in the courtyard, which was a most unpleasant sight every Sunday, produced a veritable panic that day; and while a few women ran for shelter to their respective dwellings, others, who must have been behind in their payments and who observed the expression on the wild beast's face, departed for the street. The collection began on the lower stories; the stonemason and the two girls who made cigarettes paid up without a word, wishing for Don Francisco's hated image to vanish from their sight. They noticed something unusual and abnormal in him, because he took the money mechanically and didn't examine it in miserly detail, like other times, as if his mind were a hundred miles away from the highly important transaction he was performing; they didn't hear him give those snarls, like those of a growling

---

5. *Humanidad* (Mankind) is feminine in Spanish.

habitaciones buscando el baldosín roto o el pedazo de revoco caído para echar los tiempos a la inquilina.

Al llegar al cuarto de la Rumalda, planchadora, viuda, con su madre enferma en un camastro y tres niños menores que andaban en el patio enseñando las carnes por los agujeros de la ropa, Torquemada soltó el gruñido de ordenanza, y la pobre mujer, con afligida y trémula voz, cual si tuviera que confesar ante el juez un negro delito, soltó la frase de reglamento:

—Don Francisco, por hoy no se puede. Otro día cumpliré.

No puedo dar idea del estupor de aquella mujer y de las dos vecinas que presentes estaban cuando vieron que el tacaño no escupió por aquella boca ninguna maldición ni herejía, cuando le oyeron decir con la voz más empañada y llorosa del mundo:

—No, hija; si no te digo nada. . . ; si no te apuro . . . ; si no se me ha pasado por la cabeza reñirte . . . ¡Qué le hemos de hacer si no puedes! . . .

—Don Francisco, es que . . .— murmuró la otra, creyendo que la fiera se expresaba con sarcasmo, y que tras el sarcasmo vendría la mordida.

—No, hija, si no he chistado . . . ¿Cómo se han de decir las cosas? Es que a ustedes no hay quien las apee de que soy un hombre, como quien dice, tirano . . . ¿De dónde sacáis que no hay en mí compasión ni . . . , ni caridad? En vez de agradecerme lo que hago por vosotras, me calumniáis . . . No, no; entendámonos. Tú, Rumalda, estate tranquila; sé que tienes necesidades, que los tiempos están malos, hijas, ¿qué hemos de hacer sino ayudarnos los unos a los otros?

Siguió adelante, y en el principal dio con una inquilina muy mal pagadora, pero de muchísimo corazón para afrontar a la fiera, y así que le vio llegar, juzgando por el cariz que venía más enfurruñado que nunca, salió al encuentro de su aspereza con estas arrogantes expresiones:

—Oiga usted, a mí no me venga con apreturas. Ya sabe que no lo hay. *Ése* está sin trabajo. ¿Quiere que salga a un camino? ¿No ve la casa sin muebles, como un hespital prestao? ¿De dónde quiere que lo saque? . . . Maldita sea su alma . . .

—¿Y quién te dice a ti, grandísima tal, deslenguada y bocona, que yo vengo a sofocarte? A ver si hay alguna tarasca de éstas que sostenga que yo no tengo humanidad. Atrévase a decírmelo . . .

Enarboló el garrote, símbolo de su autoridad y de su mal genio, y en el corrillo que se había formado sólo se veían bocas abiertas y miradas de estupefacción.

dog; nor did he inspect the rooms in search of a broken tile or a piece of plaster that had fallen, so that he could berate the tenant.

When he reached the room belonging to Rumalda, a widow who ironed clothes, with her sick mother on a miserable bed and three small children roaming around the courtyard with their skin showing through the holes in their clothes, Torquemada emitted his regulation growl, and the poor woman, her voice sad and shaky, as if she had to confess a terrible crime to a judge, pronounced her routine declaration:

"Don Francisco, I can't today. I'll pay up another day."

I can't describe the amazement of that woman and the two neighbor women who were present when they saw that the miser didn't spit any curse or blasphemy out of that mouth of his, and when they heard him say in the weepiest, most tear-choked voice possible:

"No, my girl; I'm not making any fuss . . . I'm not dunning you . . . it never occurred to me to argue with you . . . What can we do if you can't pay? . . ."

"Don Francisco, it's just that . . . ," the woman muttered, thinking that the wild beast was being sarcastic, and that after the sarcasm would come the bite.

"No, my girl, I didn't make a peep . . . How do I have to make it clear? The fact is, there's no one who can convince all of you that I'm not, let's say, a tyrannical man . . . Where do you get the idea that I have no compassion or . . . or charity? Instead of thanking me for what I do for you, you slander me . . . No, no, let's understand each other. You, Rumalda, be at ease; I know you're needy and that times are bad; ladies, what are we to do if not help one another out?"

He proceeded on his way, and on the main floor he encountered a female tenant who was far behind in her rent but had a lot of spunk when it came to confronting the beast; as soon as she saw him coming, judging from his looks that he was angrier than ever, she faced up to his severity with the following impudent expressions:

"Listen here, don't try and dun *me!* You know I've got nothing. 'Hubby' is out of a job. Do you want him to become a highway robber? Can't you see the house is without furniture, like an emergency hospital? Where do you want me to get the money from? . . . Damn your soul! . . ."

"You big, fresh loudmouth, who says I'm coming to harass you? Let's see if any of these hags will maintain that I lack human feelings. Let her dare tell me so . . ."

He brandished his heavy cane, symbol of his authority and bad temper, and in the knot of people that had gathered there was nothing to be seen but open mouths and stupefied stares.

—Pues a ti y a todas les digo que no me importa un rábano que no me paguéis hoy. ¡Vaya! ¿Cómo lo he de decir para que lo entiendan? . . . ¡Conque estando tu marido sin trabajar te iba yo a poner el dogal al cuello! . . . Yo sé que me pagarás cuando puedas, ¿verdad? Porque lo que es intención de pagar, tú la tienes. Pues entonces, ¿a qué tanto enfurruñarse? . . . ¡Tontas, malas cabezas! —esforzándose en producir una sonrisa—. ¡Vosotras creyéndome a mí más duro que las peñas y yo dejándooslo creer, porque me convenía, porque me convenía, claro, pues Dios manda que no echemos facha con nuestra humanidad! Vaya, que sois todas unos grandísimos peines . . . Abur. Tú, no te sofoques. Y no creas que hago esto para que me eches bendiciones. Pero conste que no te ahogo, y para que veas lo bueno que soy . . .

Se detuvo y meditó un momento, llevándose la mano al bolsillo y mirando al suelo.

—Nada, nada. Quédate con Dios.

Y a otra. Cobró en las tres puertas siguientes sin ninguna dificultad.

—Don Francisco, que me ponga usted piedra nueva en la hornilla, que aquí no se puede guisar . . .

En otras circunstancias, esta reclamación habría sido el principio de una chillería tremenda; verbigracia:

—Pon el traspontín en la hornilla, sinvergüenza, y arma el fuego encima.

—Miren el tío manguitillas; así se le vuelvan veneno los cuartos.

Pero aquel día todo era paz y concordia, y Torquemada concedía cuanto le demandaban.

—¡Ay don Francisco! —le dijo otra en el número 11—. Tengo los jeringados cincuenta reales. Para poderlos juntar no hemos comido más que dos cuartos de gallineja y otros dos de hígado con pan seco . . . Pero por no verle el caráiter de esa cara y no oírle, me mantendría yo con puntas de París.

—Pues mira, eso es un insulto, una injusticia, porque si las he sofocado otras veces, no ha sido por el materialismo del dinero, sino porque me gusta ver cumplir a la gente . . . para que no se diga . . . Debe haber dignidad en todos . . . ¡A fe que tienes buena idea de mí! . . . ¿Iba yo a consentir que tus hijos, estos borregos de Dios, tuviesen hambre? . . . Deja, déjate el dinero . . . O mejor, para que no lo tomes a desaire, partámoslo y quédate con veinticinco reales . . . Ya me los darás otro día . . . ¡Bribonazas, cuando debíais confesar que soy para vosotras como un padre, me tacháis de inhumano y de qué sé yo qué! No, yo les aseguro a todas que respeto a la Humanidad, que la con-

"Well, I tell you and everybody that I don't give a damn if you don't pay me today. There! How must I say it to make you understand? With your husband out of work, I was going to put the noose around your neck? . . . I know you'll pay me whenever you can, right? Because there's no question that you *intend* to pay. Well, then, why get so angry? . . . Silly, weak-headed women!" (He tried hard to show a smile.) "You thinking I was harder than a stone, and I letting you believe it, because it suited my purposes, it suited my purposes, absolutely, because God commands us not to brag about our kindness! Go on, you're big rascals, the whole bunch of you! So long. You, don't be depressed. And don't think I'm doing this so you can heap blessings on me. But let it be noted that I'm not nagging you; and so you can see how good I am . . ."

He stopped to think for a moment, raising his hand to his pocket and looking at the floor.

"Nothing, nothing. Stay well!"

Onward! At the next three doors he collected his money without any difficulty.

"Don Francisco, put a new flint in my stove, because I can't cook in this place . . ."

In different circumstances that request would have triggered a tremendous tirade, for example:

"Put the quilt in the stove, you shameless hussy, and light the fire with that!"

"Just look at this old miser! I hope all his money turns into poison for him!"

But that day all was peace and harmony, and Torquemada granted everything he was asked for.

"Oh, Don Francisco," the woman in number 11 said, "I've got the damned fifty *reales*. But to put them together we haven't eaten anything but two coppers' worth of offal and two coppers' worth of liver with dry bread . . . But to keep from seeing your ugly mug and listening to you, I'd live on nails."

"Now look, that's an insult, an injustice, because if I've dunned you other times, it wasn't for the money itself, but because I like to see people doing their duty . . . for the sake of appearances . . . Everyone needs to have some dignity . . . I'll bet you have a fine notion of me! . . . Was I going to let your children, those lambs of God, go hungry? . . . Hold onto the money, hold onto it . . . Or, better yet, so you don't take it as a snub, let's split it, and you keep twenty-five *reales* . . . You'll give me the rest some other time . . . You rascally women, when you ought to confess that I'm like a father to you, you call me inhuman and God knows what! No, I assure all of you that I respect Mankind, that I have regard for it, that I

sidero, que la estimo, que ahora y siempre haré todo el bien que pueda y un poquito más . . . ¡hala!

Asombro, confusión. Tras él iba el parlero grupo chismorreando así:

—A este condenado le ha pasado algún desavío . . . Don Francisco no está bueno de la cafetera. Mirad qué cara de patíbulo se ha traído. ¡Don Francisco con humanidad! Ahí tenéis por qué está saliendo todas las noches en el cielo esa estrella con rabo. Es que el mundo se va a acabar.

En el número 16:

—Pero, hija de mi alma, so tunanta, ¿tenías a tu niña mala y no me habías dicho nada? Pues ¿para qué estoy yo en el mundo? Francamente, esto es un agravio que no te perdono, no te lo perdono. Eres una indecente, y en prueba de que no tienes ni pizca de sentido, ¿apostamos a que no adivinas lo que voy a hacer? ¿Cuánto va a que no lo adivinas? . . . Pues voy a darte para que pongas un puchero . . . , ¡ea! Toma, y di ahora que yo no tengo humanidad. Pero sois tan mal agradecidas, que me pondréis como chupa de dómine, y hasta puede que me echéis alguna maldición. Abur.

En el cuarto de la señá Casiana, una vecina se aventuró a decirle:

—Don Francisco, a nosotras no nos la da usted . . . A usted le pasa algo. ¿Qué demonios tiene en esa cabeza o en ese corazón de cal y canto?

Dejóse el afligido casero caer en una silla, y quitándose el hongo se pasó la mano por la amarilla frente y la calva sebosa, diciendo tan sólo entre suspiros:

—¡No es de cal y canto, puñales, no es de cal y canto!

Como observasen que sus ojos se humedecían, y que, mirando al suelo y apoyando con ambas manos en el bastón, cargaba sobre éste todo el peso del cuerpo, meciéndose, le instaron para que se desahogara, pero él no debió creerlas dignas de ser confidentes de su inmensa desgarradora pena. Tomando el dinero, dijo con voz cavernosa:

—Si no lo tuvieras, Casiana, lo mismo sería. Repito que yo no ahogo al pobre . . . , como que yo también soy pobre . . . Quien dijese —levantándose con zozobra y enfado— que soy inhumano, miente más que la *Gaceta*. Yo soy humano; yo compadezco a los desgraciados; yo los ayudo en lo que puedo, porque así nos lo manda la Humanidad; y bien sabéis todas que como faltéis a la Humanidad, lo pagaréis tarde o temprano, y que si sois buenas, tendréis vuestra recompensa. Yo juro por esa imagen de la Virgen de las Angustias con el Hijo muerto en los brazos —señalando una lámina—, yo os juro que si no os he parecido caritativo y bueno, no quiere esto decir que no lo sea,

esteem it, that now and always I'll do all the good I can and a little more . . . There now!"

Amazement, confusion. The group of chatterboxes followed him around, gossiping like this:

"Something bad has happened to that rat . . . Don Francisco isn't well in the dome. Look at what a gloomy face he arrived with. Don Francisco a humanitarian! This is why that star with a tail has been appearing in the sky every night! The world is coming to an end!"

In number 16:

"But, my dear woman, you big scoundrel, your little girl was sick and you didn't tell me anything? What am I in the world for? Frankly, that's an affront I won't forgive you for, I won't forgive you. You're shameless, and to prove to you that you don't have a bit of sense, shall we make a bet that you can't guess what I'm going to do? How much do you bet that you won't guess? . . . Well, I'm going to give you enough money to make a stew . . . so there! Take it, and now say I have no human feelings. But you're all so ungrateful that you'll rake me over the coals, and it's even possible that you'll curse me. So long."

In Mis' Casiana's room, a neighbor woman ventured to say to him:

"Don Francisco, don't hand us that line . . . Something's wrong with you. What the hell is going on in that head or in that flinty heart?"

The sorrowful landlord dropped onto a chair and, removing his derby, ran his hand over his yellow forehead and greasy scalp, merely saying between sighs:

"It isn't flinty, damn it, it isn't flinty!"

When they observed that his eyes were getting wet and that, as he stared at the floor and rested both hands on his cane, he was placing all his weight on it and rocking to and fro, they urged him to unburden himself, but he apparently didn't think them worthy of being the confidants of his immense, heartrending grief. Taking the money, he said in a cavernous voice:

"Even if you didn't have it, Casiana, it would make no difference. I repeat: I don't nag poor people . . . because I'm poor myself . . . Whoever says" (here he arose, nervous and irritated) "that I'm inhuman, is a worse liar than the *Gazette*. I'm human; I pity the unfortunate; I help them however I can, because that's what Mankind commands us to do; and you're all well aware that if you let down Mankind, you're going to pay for it sooner or later, and that if you're good, you'll get your reward. I swear by this image of the Virgin of Sorrows with her dead Son in her arms" (he pointed to a picture), "I swear that if I haven't seemed charitable and good to you, that doesn't mean I'm not, damn it, and if proofs are

¡puñales!, y que si son menester pruebas, pruebas se darán. Dale, que no lo creen . . . ; pues váyanse todas con doscientos mil pares de demonios, que a mí, con ser bueno me basta . . . No necesito que nadie me dé bombo . . . Piojosas, para nada quiero vuestras gratitudes . . . Me paso por las narices vuestras bendiciones.

Dicho esto, salió de estampía. Todas le miraban por la escalera abajo, y por el patio adelante, y por el portal afuera, haciendo unos gestos tales que parecía el mismo demonio persignándose.

V

Corrió hacia su casa, y contra su costumbre (pues era hombre que comúnmente prefería despernarse a gastar una peseta), tomó un coche para llegar más pronto. El corazón dio en decirle que encontraría buenas noticias, el enfermo aliviado, la cara de Rufina sonriente al abrir la puerta; y en su impaciencia loca, parecíale que el carruaje no se movía, que el caballo cojeaba y que el cochero no sacudía bastantes palos al pobre animal . . .

—Arrea, hombre. ¡Maldito jaco! Leña con él —le gritaba—. Mira que tengo mucha prisa.

Llegó, por fin, y al subir jadeante la escalera de su casa razonaba sus esperanzas de esta manera: «No salgan ahora diciendo que es por mis maldades, pues de todo hay . . .» ¡Qué desengaño al ver la cara de Rufina tan triste, y al oír aquel *Lo mismo, papá,* que sonó en sus oídos como fúnebre campanada! Acercóse de puntillas al enfermo y le examinó. Como el pobre niño se hallara en aquel momento amodorrado, pudo don Francisco observarle con relativa calma, pues cuando deliraba y quería echarse del lecho, revolviendo en torno los espantados ojos, el padre no tenía valor para presenciar tan doloroso espectáculo y huía de la alcoba trémulo y despavorido. Era hombre que carecía de valor para afrontar penas de tal magnitud, sin duda por causa de su deficiencia moral; se sentía medroso, consternado, y como responsable de tanta desventura y dolor tan grande. Seguro de la esmeradísima asistencia de Rufina, ninguna falta hacía el afligido padre junto al lecho de Valentín: al contrario, más bien era estorbo, pues si le asistiera, de fijo, en su turbación, equivocaría las medicinas, dándole a beber algo que acelerara su muerte. Lo que hacía era vigilar sin descanso, acercarse a menudo a la puerta de la alcoba, y ver lo que ocurría, oír la voz del niño delirando o quejándose; pero si los ayes eran muy lastimeros y el delirar muy fuerte, lo que sentía Torquemada

necessary, proofs there shall be. Look, they don't believe me . . . then you can all go to hell with two hundred thousand pairs of devils, because to *me* it's enough that I know I'm good . . . I don't need anyone as a booster . . . Lousy women, I don't want any gratitude from you . . . I thumb my nose at your blessings."

Saying that, he dashed out. All the women watched him go down the stairs, across the courtyard, and out the street door, with such expressions that he looked like the devil himself making the sign of the cross.

V

He rushed homeward and, contrary to his custom (because he was a man who usually would rather walk his feet off than spend a *peseta*), he took a carriage to get there faster. His heart began to tell him that he'd find good news; the patient would be feeling better, and Rufina's face would be smiling when she let him in; in his wild impatience he thought the vehicle wasn't moving, that the horse was limping, and that the coachman wasn't hitting the poor animal enough . . .

"Speed him up, man! Damned nag! Whip him!" he kept yelling. "I'm in a big hurry, see?"

Finally he arrived, and while climbing the stairs to his home, panting, he reasoned out his hopes in this way: "Let them not come and tell me today that this is due to my bad deeds, because it takes all kinds . . ." What a disappointment it was to see Rufina's face so sad and to hear that "Just the same, father" which rang in his ears like the tolling of a death knell! He approached the patient on tiptoe and examined him. Since the poor boy was drowsing at the time, Don Francisco was able to study him with relative calm, because when he was delirious and wanted to fling himself out of bed, his frightened eyes rolling in every direction, his father didn't have the courage to witness such a sad sight and would escape from the bedroom shivering and terrified. He was a man who lacked the courage to face grief of that magnitude, no doubt because of his moral deficiency; he felt timid, alarmed, and as if responsible for such great misfortune and such deep sorrow. Assured of Rufina's extremely assiduous care, the sad father wasn't needed at Valentín's bedside: on the contrary, he was in the way, because if he tended to him, he would surely mix up the medicines in his confusion and give him something to drink that would hasten his death. What he did do was to sit up, taking no rest, to approach the bedroom door frequently and find out what was going on, to hear the boy's voice in delirium or complaint; but if his moans were too pitiful and his

era un deseo instintivo de echar a correr y ocultarse con su dolor en el último rincón del mundo.

Aquella tarde le acompañaron un rato Bailón, el carnicero de abajo, el sastre del principal y el fotógrafo de arriba, esforzándose todos en consolarle con las frases de reglamento; mas no acertando Torquemada a sostener la conversación sobre tema tan triste, les daba las gracias con desatenta sequedad. Todo se le volvía suspirar con bramidos, pasearse a trancos, beber buches de agua y dar algún puñetazo en la pared. ¡Tremendo caso aquel! ¡Cuántas esperanzas desvanecidas! . . . ¡Aquella flor del mundo segada y marchita! Esto era para volverse loco. Más natural sería el desquiciamiento universal que la muerte del portentoso niño que había venido a la tierra para iluminarla con el fanal de su talento . . . ¡Bonitas cosas hacía Dios, la Humanidad o quienquiera que fuese el muy tal y cual que inventó el mundo y nos puso en él! Porque si habían de llevarse a Valentín, ¿para qué le trajeron acá, dándole a él, al buen Torquemada, el privilegio de engendrar tamaño prodigio? ¡Bonito negocio hacía la Providencia, la Humanidad o el arrastrado Conjunto, como decía Bailón! ¡Llevarse al niño aquel, lumbrera de la ciencia, y dejar acá todos los tontos! ¿Tenía esto sentido común? ¿No había motivo para rebelarse contra los de arriba, ponerlos como ropa de pascua y mandarlos a paseo? . . . Si Valentín se moría, ¿qué quedaba en el mundo? Oscuridad, ignorancia. Y para el padre, ¡qué golpe! ¡Porque figurémonos todo lo que sería don Francisco cuando su hijo, ya hombre, empezase a figurar, a confundir a todos los sabios, a volver patas arriba la ciencia toda! . . . Torquemada sería en tal caso la segunda persona de la Humanidad; y sólo por la gloria de haber engendrado al gran matemático sería cosa de plantarle en un trono. ¡Vaya un ingeniero que sería Valentín si viviese! Como que había de haber unos ferrocarriles que irían de aquí a Pekín en cinco minutos, y globos para navegar por los aires y barcos para andar por debajito del agua, y otras cosas nunca vistas ni siquiera soñadas. ¡Y el planeta se iba a perder estas gangas por una estúpida sentencia de los que dan y quitan la vida! . . . Nada, nada, envidia pura, envidia. Allá arriba, en las invisibles cavidades de los altos cielos, alguien se había propuesto *fastidiar* a Torquemada. Pero . . . , pero . . . , ¿y si no fuese envidia, sino castigo? ¿Si se había dispuesto así para anonadar al tacaño cruel, al casero tiránico, al prestamista sin entrañas? ¡Ah! Cuando esta idea entraba en turno, Torquemada sentía impulsos de correr hacia la pared más próxima y estrellarse contra ella. Pronto reaccionaba y volvía en sí. No, no podía ser castigo, porque él no era malo, y si lo fue, ya se enmendaría. Era envidia, ti-

delirium too strong, what Torquemada felt was an instinctive urge to run away and hide along with his grief in the farthest corner of the world.

That afternoon he was kept company for a while by Bailón, the butcher from downstairs, the tailor from the main floor, and the photographer from upstairs, all of them striving to console him with the standard remarks; but when Torquemada was unable to keep up the conversation on such a sad topic, he thanked them curtly, his mind elsewhere. All he could do was sigh and bellow, stride to and fro, drink mouthfuls of water, and punch the wall from time to time. What a terrible situation! So many hopes gone! . . . That flower of the world cut and withered! He could go crazy. It would be more natural for the world to fall apart than for that marvelous boy to die, that boy who had come to earth to illuminate it with the beacon of his intellect . . . God did fine things!—God, Mankind, or whoever that bastard was who invented the world and put us in it! Because if they were going to take Valentín away, why did they bring him here, giving him, the good Torquemada, the privilege of begetting such a prodigy? A fine business deal Providence was transacting, Providence, Mankind, or that confounded Whole, as Bailón called it! To take away that boy, a lamp of learning, and leave behind all the fools! Did that make any sense? Wasn't it a reason to rebel against them up there, to wipe up the floor with them and send them packing? . . . If Valentín died, what would be left in the world? Darkness, ignorance. And what a blow for his father! Because, just imagine how great Don Francisco would be when his son, now a man, began to make a name for himself, confounding all the scholars and standing all of science on its head! . . . Then Torquemada would be the Second Person of Mankind; and merely for the glory of having begotten the great mathematician he'd be worthy to be seated on a throne. What an engineer Valentín would be if he lived! He'd invent trains that ran from here to Peking in five minutes, balloons to sail through the sky and boats to travel underwater, and other things never before seen or even dreamed of. And the planet was going to lose those advantages through a stupid verdict pronounced by those who give life and take it away! . . . Nothing, nothing, sheer envy, envy. Up there, in the invisible spaces of the lofty heavens, someone had made up his mind to "annoy" Torquemada. But . . . but . . . what if it weren't envy, but a punishment? What if this disposition had been taken to annihilate the cruel miser, the tyrannical landlord, the heartless moneylender? Oh, when that idea struck him in its turn, Torquemada felt the urge to dash to the nearest wall and shatter himself against it. Soon he'd react and become himself again. No, it couldn't be a punishment, because he wasn't evil, and if he was, he'd now change his ways. It was envy, a grudge, ill will that they

rria y malquerencia que le tenían por ser autor de tan soberana eminencia. Querían truncarle su porvenir y arrebatarle aquella alegría y fortuna inmensa de sus últimos años . . . Porque su hijo, si viviese, había de ganar muchísimo dinero, pero muchísimo, y de aquí la celestial intriga. Pero él (lo pensaba lealmente) renunciaría a las ganancias pecuniarias del hijo con tal que le dejaran la gloria, ¡la gloria!, pues para negocios le bastaba con los suyos propios . . . El último paroxismo de su exaltada mente fue renunciar a todo el *materialismo* de la ciencia del niño, con tal que le dejasen la gloria.

Cuando se quedó solo con él, Bailón le dijo que era preciso tuviese filosofía; y como Torquemada no entendiese bien el significado y aplicación de tal palabra, explanó la sibila su idea en esta forma:

—Conviene resignarse, considerando nuestra pequeñez ante estas grandes evoluciones de la materia . . . , pues, o sustancia vital. Somos átomos, amigo don Francisco; nada más que unos tontos de átomos. Respetemos las disposiciones del grandísimo Todo a que pertenecemos, y vengan penas. Para eso está la filosofía, o, si se quiere, la religión: para hacer pecho a la adversidad. Pues si no fuera así, no podríamos vivir.

Todo lo aceptaba Torquemada menos resignarse. No tenía en su alma la fuente de donde tal consuelo pudiera salir, y ni siquiera lo comprendía. Como el otro, después de haber comido bien, insistiera en aquellas ideas, a don Francisco se le pasaron ganas de darle un par de trompadas, destruyendo en un punto el perfil más enérgico que dibujara Miguel Ángel. Pero no hizo más que mirarle con ojos terroríficos, y el otro se asustó y puso punto en sus teologías.

A prima noche, Quevedito y el otro médico hablaron a Torquemada en términos desconsoladores. Tenían poca o ninguna esperanza, aunque no se atrevían a decir en absoluto que la habían perdido, y dejaban abierta la puerta a las reparaciones de la Naturaleza y a la misericordia de Dios. Noche horrible fue aquélla. El pobre Valentín se abrasaba en invisible fuego. Su cara encendida y seca, sus ojos iluminados por esplendor siniestro, su inquietud ansiosa, sus bruscos saltos en el lecho, cual si quisiera huir de algo que le asustaba, eran espectáculo tristísimo que oprimía el corazón. Cuando don Francisco, transido de dolor, se acercaba a la abertura de las entornadas batientes de las puertas y echaba hacia dentro una mirada tímida, creía escuchar, con la respiración premiosa del niño, algo como el chirrido de su carne tostándose en el fuego de la calentura. Puso atención a las expresiones incoherentes del delirio, y le oyó decir: «Equis elevado al cuadrado menos uno partido por dos, más cinco equis menos dos partido por cuatro,

bore him for being the creator of such outstanding eminence. They wanted to truncate his future and snatch away that joy and immense fortune of his latter years . . . Because if his son lived, he'd surely earn a lot of money, a real lot, and that was the reason for that intrigue in heaven. But he (he really thought so) would renounce his son's financial gains as long as he was left with the glory, the glory, because his own business dealings were enough for him . . . The final paroxysm of his overexcited mind was to renounce all material benefits from his boy's science as long as they left him the glory.

When Bailón remained alone with him, he told him he needed to be philosophical; and since Torquemada didn't rightly understand the meaning and application of that word, the Sibyl expounded his thought in this way:

"One must resign oneself, in view of our smallness vis-à-vis those great processes of matter, or vital substance. We're atoms, my friend Don Francisco, merely a few ridiculous atoms. Let us respect the decisions of the great All to which we belong, and let sorrows come. That's what philosophy is there for, or religion if you prefer: to stand up to adversity. Because if that weren't the case, we couldn't live."

Torquemada accepted everything but resignation. His soul didn't contain the fountain from which comfort of that sort could spring, and he didn't even understand it. Since the other man, after eating a good meal, persisted in that line of thought, Don Francisco got the urge to give him a couple of punches, destroying once and for all the most energetic profile Michelangelo ever drew. But all he did was stare at him with terrifying eyes, and the fellow got scared and made an end of his theological remarks.

At nightfall, little Quevedo and the other doctor spoke to Torquemada in discouraging terms. They had little or no hope, though they didn't venture to say absolutely that they had lost the fight, and they left the door open for Nature's healing and God's mercy. That night was a horrible one. Poor Valentín was burning up in an invisible fire. His flushed, thin face, his eyes lighted with a sinister glow, his nervous restlessness, his sudden jumps in bed, as if he were trying to escape from something frightening, were a sorrowful sight that weighed one's heart down. Whenever Don Francisco, overcome with grief, approached the space between the half-closed leaves of the doors and cast a timid glance inside, he thought he heard, along with the boy's labored breathing, something like the hiss of his flesh grilling in the flame of the fever. He paid attention to the incoherent expressions of the boy's delirium, and he heard him say: "X squared minus one, divided by two, plus five X minus two, divided by four, equals X times X plus two, divided by twelve . . . Father, father, the

igual equis por equis más dos partido por doce . . . Papá, papá, la ca-
racterística del logaritmo de un entero tiene tantas unidades menos
una, como . . .» Ningún tormento de la Inquisición iguala al que sufría
Torquemada oyendo estas cosas. Eran las pavesas del asombroso en-
tendimiento de su hijo revolando sobre las llamas en que éste se con-
sumía. Huyó de allí por no oír la dulce vocecita, y estuvo más de media
hora echado en el sofá de la sala, agarrándose con ambas manos la
cabeza como si se le quisiese escapar. De improviso se levantó, sacudi-
do por una idea; fue al escritorio, donde tenía el dinero; sacó un cartu-
cho de monedas que debían de ser calderilla, y vaciándoselo en el bolsillo del pantalón, púsose capa y sombrero, cogió el llavín, y a la calle.

Salió como si fuera en persecución de un deudor. Después de mucho
andar, parábase en una esquina, miraba con azoramiento a una parte y
otra, y vuelta a correr calle adelante, con paso de inglés tras de su víctima. Al compás de la marcha, sonaba en la pierna derecha el retintín de
las monedas . . . Grandes eran su impaciencia y desazón por no encontrar aquella noche lo que otras le salía tan a menudo al paso, molestán-
dole y aburriéndole. Por fin . . . , gracias a Dios . . . , acercósele un pobre.

—Toma, hombre, toma: ¿dónde diablos os metéis esta noche?
Cuando no hacéis falta salís como moscas, y cuando se os busca para
socorreros, nada . . .

Apareció luego uno de esos mendigos decentes que piden, sombrero en mano, con lacrimosa cortesía:

—Señor, un pobre cesante . . .

—Tenga, tenga más. Aquí estamos los hombres caritativos para
acudir a las miserias . . . Dígame: ¿no me pidió usted noches pasadas?
Pues sepa que no le di porque iba muy de prisa. Y la otra noche, y la
otra, tampoco le di porque no llevaba suelto: lo que es voluntad la
tuve, bien que la tuve.

Claro es que el cesante pordiosero se quedaba viendo visiones, y no
sabía cómo expresar su gratitud. Más allá salió de un callejón la fan-
tasma. Era una mujer que pide en la parte baja de la calle de la Salud,
vestida de negro, con un velo espesísimo que le tapa la cara.

—Tome, tome, señora . . . Y que me digan ahora que yo jamás he
dado una limosna. ¿Le parece a usted qué calumnia? Vaya, que ya
habrá usted reunido bastantes cuartos esta noche. Como que hay
quien dice que pidiendo así y con ese velo por la cara, ha reunido
usted un capitalito. Retírese ya, que hace mucho frío . . . , y ruegue a
Dios por mí.

En la calle del Carmen, en la de Preciados y Puerta del Sol a todos
los chiquillos que salían dio su perro por barba.

characteristic of the logarithm of an integer contains as many units, minus one, as . . ." No torture of the Inquisition equaled the one that Torquemada suffered when he heard that. It was the embers of his son's amazing mind fluttering over the flames in which that mind was being consumed. He ran away to avoid hearing that sweet little voice, and for over a half hour he stretched out on the sofa in the parlor, clutching his head as if it were going to fly off. Suddenly he got up, shaken by an idea; he went to the desk where he kept his money, took out a roll of coins that were probably coppers, and, emptying it into his trousers pocket, put on his hat and cape, took his latchkey, and went outdoors.

He left as if he were pursuing a debtor. After walking a great distance, he stopped at a corner and looked around here and there in confusion; then he hastened down the street again, with the pace of a moneylender going after his victim. As he walked, the coins jingled against his right leg. . . . He was extremely impatient and out of sorts because that night he wasn't coming across that which, on other nights, so frequently crossed his path, bothering and annoying him. Finally, thank God, a pauper approached him.

"Take this, my good man, take this! Where the hell are you all hiding tonight? When you're not wanted, you pop up like flies, but when someone's looking for you to help you out, you're nowhere . . ."

Then there appeared one of those respectable beggars who, hat in hand, ask with tearful courtesy:

"Sir, a poor unemployed man . . ."

"Take this, take more. Here you have charitable men to aid you in your want . . . Tell me, didn't you beg from me on past nights? Well, I'll have you know that I didn't give you anything because I was in a big hurry. And the other night, and that other one, I didn't give you anything because I had no change: as far as good will goes, I certainly had that."

Naturally the unemployed beggar thought he was seeing visions, and he didn't know how to express his gratitude. Farther along, the Ghost issued from an alley. She was a woman who begged at the lower end of the Calle de la Salud, dressed in black, with a very thick veil covering her face.

"Take this, take it, señora . . . And now let people tell me I've never given alms. Don't you see what a slander that is? There, you've probably collected enough coins for tonight. Because some folks say that, begging this way and with that veil on your face, you've put together a tidy sum. Go home now, because it's very cold . . . , and pray to God for me."

On the Calle del Carmen, on the Calle de Preciados, and at the Puerta del Sol, he gave every little one who showed up a copper apiece.

—¡Eh, niño! ¿Tú pides o qué haces ahí como un bobo?

Esto se lo dijo a un chicuelo que estaba arrimado a la pared, con las manos a la espalda, descalzos los pies, el pescuezo envuelto en una bufanda. El muchacho alargó la mano aterida.

—Toma . . . Pues qué, ¿no te decía el corazón que yo había de venir a socorrerte? ¿Tienes frío y hambre? Toma más y lárgate a tu casa, si la tienes. Aquí estoy yo para sacarte de un apuro; digo, para partir contigo un pedazo de pan, porque yo también soy pobre y más desgraciado que tú, ¿sabes? Porque el frío, el hambre, se soportan; pero, ¡ay!, otras cosas . . .

Apretó el paso sin reparar en la cara burlona de su favorecido, y siguió dando, dando, hasta que le quedaron pocas piezas en el bolsillo. Corriendo hacia su casa, en retirada, miraba al cielo, cosa en él muy contraria a la costumbre, pues si alguna vez lo miró para enterarse del tiempo, jamás, hasta aquella noche, lo había contemplado. ¡Cuantísima estrella! Y qué claras y resplandecientes, cada una en su sitio, hermosas y graves, millones de millones de miradas que no aciertan a ver nuestra pequeñez. Lo que más suspendía el ánimo del tacaño era la idea de que todo aquel cielo estuviese indiferente a su gran dolor, o más bien ignorante de él. Por lo demás, como bonitas, ¡vaya si eran bonitas las estrellas! Las había chicas, medianas y grandes; algo así como pesetas, medios duros y duros. Al insigne prestamista le pasó por la cabeza lo siguiente: «Como se ponga bueno me ha de ajustar esta cuenta: si acuñáramos todas las estrellas del cielo, ¿cuánto producirían al cinco por ciento de interés compuesto en los siglos que van desde que todo eso existe?»

Entró en su casa cerca de la una, sintiendo algún alivio en las congojas de su alma; se adormeció vestido y a la mañana del día siguiente la fiebre de Valentín había remitido bastante. ¿Habría esperanzas? Los médicos no las daban sino muy vagas, y subordinando su fallo al recargo de la tarde. El usurero, excitadísimo, se abrazó a tan débil esperanza como el náufrago se agarra a la flotante astilla. Viviría, ¡pues no había de vivir!

—Papá —le dijo Rufina, llorando—, pídeselo a la Virgen del Carmen, y déjate de humanidades.

—¿Crees tú? . . . Por mí no ha de quedar. Pero te advierto que no haciendo buenas obras no hay que fiarse de la Virgen. Y acciones cristianas habrá, cueste lo que cueste: yo te lo aseguro. En las obras de misericordia está todo el intríngulis. Yo vestiré desnudos, visitaré enfermos, consolaré tristes . . . Bien sabe Dios que ésa es mi voluntad, bien lo sabe . . . No salgamos después con la peripecia de que no lo sabía . . . Digo, como saberlo, lo sabe . . . Falta que quiera.

"Say there, boy! Are you begging, or what else are you standing here for like a fool?"

He said that to a little fellow who was leaning against the wall, his hands behind him, barefoot, his neck wrapped in a scarf. The boy held out his hand, which was stiff with cold.

"Take it . . . Now, didn't your heart tell you I would come and help you out? You're cold and hungry? Take more and scurry off home, if you've got one. I'm here to get you out of a jam; I mean, to share a piece of bread with you, because I'm poor, too, and more unfortunate than you, did you know that? Because cold and hunger are bearable, but, oh my, other things . . ."

He hastened his pace without looking at his protégé's mocking face, and kept on giving, giving, until only a few coins remained in his pocket. Rushing homeward in retreat, he looked at the sky, something very unusual for him, because if he looked at it occasionally to check the weather, he had never contemplated it before that night. All those stars! And how bright and shiny, each one in its place, beautiful and serious, millions of millions of gazes unable to glimpse our smallness. What most astonished the miser's mind was the idea that that whole sky was indifferent to his great sorrow, or, rather, unaware of it. Otherwise, how pretty! I'll say those stars were pretty! There were small ones, medium-size ones, and big ones, something like *pesetas,* two-and-a-half *peseta* pieces, and five-*peseta* pieces. The following thought flashed through the eminent moneylender's head: "When he gets well, he's got to work out this calculation for me: if we minted all the stars in the sky, how much would they yield at five percent compound interest in all the time gone by since this all existed?"

He entered his house close to one, feeling some relief in his soul's distress; he fell asleep still dressed, and on the morning of the following day Valentín's fever had abated considerably. Was there hope? The doctors held out only very vague hope, withholding their opinion until evening, when the fever could return. The usurer, in great excitement, embraced that weak hope the way a shipwrecked man clutches at a floating splinter of wood. He'd live—wasn't it right that he should live?

"Father," Rufina said to him, weeping, "pray to Our Lady of Mount Carmel for him, and leave off doing good deeds."

"You think so? . . . I won't fail to do it. But I warn you that if you don't do good deeds, there's no trusting the Virgin. And Christian deeds there will be, cost what it may, I assure you. The whole trick is in the acts of charity. I'll clothe the naked, visit the sick, console the sad . . . God knows that that's my will, he's well aware of it . . . Let's not be saying later on that he didn't know . . . He really knows, I tell you . . . He needs to be willing."

Vino por la noche el recargo, muy fuerte. Los calomelanos y revulsivos no daban resultado alguno. Tenía el pobre niño las piernas abrasadas a sinapismos, y la cabeza hecha una lástima con las embrocaciones para obtener la erupción artificial. Cuando Rufina le cortó el pelito por la tarde, con objeto de despejar el cráneo, Torquemada oía los tijeretazos como si se los dieran a él en el corazón. Fue preciso comprar más hielo para ponérselo en vejigas en la cabeza y después hubo que traer el yodoformo; recados que el *Peor* desempeñaba con ardiente actividad, saliendo y entrando cada poco tiempo. De vuelta a casa, ya anochecido, encontró, al doblar la esquina de la calle de Hita, un anciano mendigo y haraposo, con pantalones de soldado, la cabeza al aire, un andrajo de chaqueta por los hombros, y mostrando el pecho desnudo. Cara más venerable no se podía encontrar sino en las estampas del *Año Cristiano*. Tenía la barba erizada y la frente llena de arrugas, como San Pedro; el cráneo terso y dos rizados mechones blancos en las sienes.

—Señor, señor, —decía con el temblor de un frío intenso—, mire cómo estoy, míreme.

Torquemada pasó de largo, y se detuvo a poca distancia; volvió hacia atrás, estuvo un rato vacilando, y al fin siguió su camino. En el cerebro le fulguró esta idea: «Si conforme traigo la capa nueva, trajera la vieja . . .»

VI

Y al entrar en su casa:

—¡Maldito de mí! No debí dejar escapar aquel acto de cristiandad.

Dejó la medicina que traía, y, cambiando de capa, volvió a echarse a la calle. Al poco rato, Rufinita, viéndole entrar a cuerpo, le dijo asustada:

—Pero, papá, ¡cómo tienes la cabeza! . . . ¿En dónde has dejado la capa?

—Hija de mi alma —contestó el tacaño bajando la voz y poniendo una cara muy compungida—, tú no comprendes lo que es un buen rasgo de caridad, de humanidad . . . ¿Preguntas por la capa? Ahí te quiero ver . . . Pues se la he dado a un pobre viejo, casi desnudo y muerto de frío. Yo soy así: no ando con bromas cuando me compadezco del pobre. Podré parecer duro algunas veces; pero como me ablande . . . Veo que te asustas. ¿Qué vale un triste pedazo de paño?

—¿Era la nueva?

At night the fever rose again and was very high. The calomels and counterirritants were doing no good at all. The poor boy's legs were scalded with mustard plasters, his head was made a mess by the liniments meant to produce an artificial rash. When Rufina cut his hair in the afternoon to leave his head clear, Torquemada listened to the clicks of the scissors as if they were piercing his own heart. They had to buy more ice to put it in bags for his head, and later they had to get iodoform, errands which the Worst performed with ardent activity, going in and out every little while. On his way home, after nightfall, when he turned the corner of the Calle de Hita, he met a ragged old beggar, with military trousers, his head in the air, a scrap of a jacket over his shoulders, and his bare chest showing. A more venerable face couldn't be met with except in the edifying engravings in *The Christian Year*. His beard was bristly and his forehead full of wrinkles, like Saint Peter's; the top of his head was hairless, and there were two curly tufts of white hair at his temples.

"Sir, sir," he was saying, trembling in the intense cold, "just look at me, look!"

Torquemada passed him by, but stopped short a little distance away; he turned back, remained hesitating for a while, and finally continued on his way. In his brain this idea flashed: "If, instead of wearing the new cape, I were to wear the old one . . ."

VI

And when he entered his house:

"Damn me! I shouldn't have let that Christian deed get away from me."

He left the medicine he was carrying and, changing capes, went outside again. Before long, Rufinita, seeing him come in without outerwear, got frightened and said:

"But, father, how mixed up you are! . . . Where did you leave your cape?"

"Darling daughter," the miser replied, lowering his voice and putting on a very remorseful expression, "you don't understand what a good act of charity, of humanity, is . . . You ask about the cape? I'll tell you all about it . . . You see, I've given it to a poor old man who was almost naked and dead of cold. That's the way I am: I don't fool around when I have compassion for the poor. Sometimes I may seem hard, but once I get soft . . . I see you're alarmed. What is a miserable piece of cloth worth?"

"Was it the new one?"

—No, la vieja . . . Y ahora, créemelo, me remuerde la conciencia por no haberle dado la nueva . . . , y se me alborota también por habértelo dicho. La caridad no se debe pregonar.

No se habló más de aquello, porque de cosas más graves debían ambos ocuparse. Rendida de cansancio, Rufina no podía ya con su cuerpo: cuatro noches hacía que no se acostaba; pero su valeroso espíritu la sostenía siempre en pie, diligente y amorosa como una hermana de la caridad. Gracias a la asistenta que tenían en casa, la señorita podía descansar algunos ratos; y para ayudar a la asistenta en los trabajos de la cocina, quedábase allí por las tardes la trapera de la casa, viejecita que recogía las basuras y los pocos desperdicios de la comida, *ab initio,* o sea, desde que Torquemada y doña Silvia se casaron, y lo mismo había hecho en la casa de los padres de doña Silvia. Llamábanla la *Tía Roma,* no sé por qué (me inclino a creer que este nombre es corrupción de Jerónima), y era tan vieja, tan vieja y tan fea, que su cara parecía un puñado de telarañas revueltas con la ceniza; su nariz de corcho ya no tenía forma; su boca redonda y sin dientes menguaba o crecía, según la distensión de las arrugas que la formaban. Más arriba, entre aquel revoltijo de piel polvorosa, lucían los ojos de pescado, dentro de un cerco de pimentón húmedo. Lo demás de la persona desaparecía bajo un envoltorio de trapos y dentro de la remendada falda, en la cual había restos de un traje de la madre de doña Silvia, cuando era polla. Esta pobre mujer tenía gran apego a la casa, cuyas barreduras había recogido diariamente durante luengos años; tuvo en gran estimación a doña Silvia, la cual nunca quiso dar a nadie más que a ella los huesos, mendrugos y piltrafas sobrantes, y amaba entrañablemente a los niños, principalmente a Valentín, delante de quien se prosternaba con admiración supersticiosa. Al verle con aquella enfermedad tan mala, que era, según ella, una reventazón del talento en la cabeza, la *Tía Roma* no tenía sosiego; iba mañana y tarde a enterarse; penetraba en la alcoba del chico y permanecía largo rato sentada junto al lecho, mirándole silenciosa, sus ojos como dos fuentes inagotables que inundaban de lágrimas los fláccidos pergaminos de la cara y pescuezo.

Salió la trapera del cuarto para volverse a la cocina, y en el comedor se encontró al amo, que, sentado junto a la mesa y de bruces en ella, parecía entregarse a profundas meditaciones. La *Tía Roma,* con el largo trato y su metimiento en la familia, se tomaba confianzas con él . . .

—Rece, rece —le dijo, poniéndose delante y dando vueltas al pañuelo con que pensaba enjugar el llanto caudaloso—; rece, que

"No, the old one . . . And now, believe me, my conscience bothers me for not having given him the new one . . . and it also disturbs me for having told you about it. Charity shouldn't be shouted from the housetops."

There was no further discussion of the matter, because both of them had to concern themselves with more serious things. Completely tired out, Rufina could no longer move: it was now four nights that she hadn't gone to bed, but her brave spirit kept her always on her feet, diligent and loving as a sister of charity. Thanks to the part-time maid they kept in the house, the young lady was able to rest at odd moments; and to help the maid with the kitchen chores the ragpicker of the household stayed there in the afternoons; this was a little old woman who had been gathering their refuse and the few leftovers from their meals from the very start— that is, ever since Torquemada and Doña Silvia were married—and she had done the same in the home of Doña Silvia's parents. She was called Aunt Roma (I don't know why she was, but I'm inclined to think that her nickname was a corruption of Jerónima), and she was so old, so old and ugly, that her face resembled a handful of spiderwebs mingled with ashes; her cork nose was by now shapeless; her round, toothless mouth waxed or waned in conformity with the expansion of the wrinkles that formed it. Higher up, amid that mess of dusty skin, her fish eyes glistened within a ring of what resembled moist paprika. The rest of her body disappeared beneath a wrapping of rags and inside her patched skirt, which contained remnants of a dress that had belonged to Doña Silvia's mother when she was a young girl. This poor woman was devotedly attached to the household, whose sweepings she had collected daily for years and years; she had great esteem for Doña Silvia, who never wanted to give anyone else but her the leftover bones, crusts, and scraps, and she dearly loved the children, especially Valentín, before whom she prostrated herself with superstitious awe. Seeing him a prey to that serious illness, which, according to her, was an explosion of the intelligence in his head, Aunt Roma knew no peace; morning and evening she came to inquire after him; she'd enter the boy's bedroom and remain there for a long time sitting beside the bed, looking at him in silence, her eyes like two inexhaustible fountains which flooded with tears the flabby parchment of her face and neck.

The ragpicker left the room to return to the kitchen, and in the dining room she came across the man of the house, who, seated at the table with his face down on it, seemed to be lost in deep meditation. Aunt Roma, because of her long acquaintance and intimacy with the family, took liberties in speaking to him . . .

"Pray, pray," she said, stopping in front of him and twirling the handkerchief with which she intended to dry her abundant tears, "pray,

buena falta le hace . . . ¡Pobre hijo de mis entrañas, qué malito está!
. . . Mire, mire —señalando al encerado— las cosas tan guapas que es-
cribió en su bastidor negro. Yo no entiendo lo que dice . . . , pero a
cuenta que dirá que debemos ser buenos . . . ¡Sabe más ese ángel!
. . . Como que por eso Dios no nos le quiere dejar . . .

—¿Qué sabes tú, *Tía Roma?* —dijo Torquemada poniéndose
lívido—. Nos le dejará. ¿Acaso piensas tú que yo soy tirano y per-
verso, como creen los tontos y algunos perdidos, malos pagadores?
. . . Si uno se descuida, le forman la reputación más perra del mundo
. . . Pero Dios sabe la verdad . . . Si he hecho o no he hecho caridades
en estos días, eso no es cuenta de nadie: no me gusta que me
averigüen y pongan en carteles mis buenas acciones . . . Reza tú también, reza mucho hasta que se te seque la boca, que tú debes ser allá
muy bien mirada, porque en tu vida has tenido una peseta . . . Yo me
vuelvo loco, y me pregunto qué culpa tengo yo de haber ganado algunos jeringados reales . . . ¡Ay *Tía Roma,* si vieras cómo tengo mi
alma! Pídele a Dios que se nos conserve Valentín, porque si se nos
muere, yo no sé lo que pasará: yo me volveré loco, saldré a la calle y
mataré a alguien. Mi hijo es mío, ¡puñales!, y la gloria del mundo. ¡Al
que me lo quite . . . !

—¡Ay, qué pena! —murmuró la vieja, ahogándose.— Pero ¡quién
sabe! . . . Puede que la Virgen haga el milagro. Yo se lo estoy pidiendo
con muchísima devoción. Empuje usted por su lado, y prometa ser tan
siquiera rigular.

—Pues por prometido no quedará . . . *Tía Roma,* déjeme . . . , déjeme solo. No quiero ver a nadie. Me entiendo mejor solo con mi afán.

La anciana salió gimiendo, y don Francisco, puestas las manos
sobre la mesa, apoyó en ellas su frente ardorosa. Así estuvo no sé
cuánto tiempo, hasta que le hizo variar de postura su amigo Bailón,
dándole palmadas en el hombro y diciéndole:

—No hay que amilanarse. Pongamos cara de vaqueta a la desgracia,
y no permitamos que nos acoquine la muy . . . Déjese para las mujeres
la cobardía. Ante la Naturaleza, ante el sublime Conjunto, somos unos
pedazos de átomos que no sabemos de la misa la media.

—Váyase usted al rábano con sus Conjuntos y sus papas —le dijo
Torquemada, echando lumbre por los ojos.

Bailón no insistió; y, juzgando que lo mejor era distraerle,
apartando su pensamiento de aquellas sombrías tristezas, pasado un
ratito le habló de cierto negocio que traía en la mollera.

Comoquiera que el arrendatario de sus ganados asnales y cabríos
hubiese rescindido al contrato, Bailón decidió explotar aquella indus-

because there's real need of it . . . My poor darling boy, how sick he is! . . .
Look, look"—pointing to the blackboard—"the pretty things he wrote on
his black frame. I don't understand what it says . . . but I'm sure it says we
ought to be good people . . . What that angel doesn't know! . . . That's why
God doesn't want to leave him with us . . ."

"What do *you* know about it, Aunt Roma?" said Torquemada, turning
livid. "He *will* leave him with us. Maybe you think I'm tyrannical and evil,
like those fools and scoundrels think, the ones who don't pay up? . . . If
someone is careless, they give him the worst possible reputation . . . But
God knows the truth . . . Whether I have or haven't done charitable things
lately, that's nobody's business: I don't like being investigated and having
my good deeds advertised . . . You pray, too; keep on praying till your
mouth dries out, because you must be very highly regarded up there, seeing that you've never owned a *peseta* in your life . . . I'm going crazy, and
I'm asking myself what wrong I've done by earning a few damned *reales*
. . . Ah, Aunt Roma, if you could see what my soul is like! Ask God to save
Valentín for us, because if he dies on us, I don't know what will happen:
I'll go crazy and go outside and kill somebody. My son is mine, damn it,
and he's the glory of the world. Whoever takes him away from me, I'll . . . !"

"Oh, what grief!" the old woman murmured, her voice choked. "But
who knows? Maybe the Virgin will perform a miracle. I've been asking
her to as devoutly as I can. You ought to give a shove on your end, and
promise to be at least an average sort of person."

"Well, it won't be just a promise . . . Aunt Roma, leave me . . . , leave
me alone. I don't want to see anybody. I can deal better with my grief
when I'm alone."

The old lady went out moaning, and Don Francisco, placing his hands
on the table, rested his burning forehead on them. He remained that way
for some time, until his friend Bailón made him change posture, slapping
him on the shoulder and saying:

"There's no cause to be frightened. Let's show a leather face to misfortune, and not allow the bitch to get us down . . . Leave cowardice to the
women. In the face of Nature, in the face of the sublime Whole, we're
pieces of atoms who don't know what it's all about."

"Go to hell with your Wholes and your nonsense!" Torquemada said,
flashing fire from his eyes.

Bailón didn't insist, and, deeming that it was best to distract him, turning his thoughts away from that gloomy sadness, after a little while he
spoke to him about a certain business deal he had in mind.

Since the lessee of his herd of donkeys and flock of goats had cancelled
the contract, Bailón had decided to exploit that line on a large scale,

tria en gran escala, poniendo un gran establecimiento de leches a estilo moderno, con servicio puntual a domicilio, precios arreglados, local elegante, teléfono, etc. Lo había estudiado, y . . .

—Créame usted, amigo don Francisco, es un negocio seguro, mayormente si añadimos el ramo de vacas, porque en Madrid las leches . . .

—Déjeme usted a mí de leches y de . . . ¿Qué tengo yo que ver con burras ni con vacas? —gritó el *Peor*, poniéndose en pie y mirándole con desprecio—. Me ve cómo estoy, ¡puñales!, muerto de pena, y me viene a hablar de la condenada leche . . . Hábleme de cómo se consigue que Dios nos haga caso cuando pedimos lo que necesitamos, hábleme de lo que . . . no sé cómo explicarlo . . . , de lo que significa ser bueno y ser malo . . . , porque, o yo soy un zote o ésta es de las cosas que tienen más busilis . . .

—¡Vaya si lo tienen, vaya si lo tienen, carambita! —dijo la sibila con expresión de suficiencia, moviendo la cabeza y entornando los ojos.

En aquel momento tenía el hombre actitud muy diferente de la de su similar en la Capilla Sixtina: sentado, las manos sobre el puño del bastón, éste entre las piernas dobladas con igualdad; el sombrero caído para atrás, el cuerpo atlético desfigurado dentro del gabán de solapas aceitosas, los hombros y cuello plagados de caspa. Y, sin embargo de estas prosas, el muy arrastrado se parecía a Dante y ¡había sido sacerdote en Egipto! Cosas de la pícara Humanidad . . .

—Vaya si lo tienen —repitió la sibila, preparándose a ilustrar a su amigo con una opinión cardinal—. ¡Lo bueno y lo malo . . . , como quien dice, luz y tinieblas!

Bailón hablaba de muy distinta manera de como escribía. Esto es muy común. Pero aquella vez la solemnidad del caso exaltó tanto su magín, que se le vinieron a la boca los conceptos en la forma propia de su escuela literaria.

—He aquí que el hombre vacila y se confunde ante el gran problema. ¿Qué es el bien? ¿Qué es el mal? Hijo mío, abre tus oídos a la verdad y tus ojos a la luz. El bien es amar a nuestros semejantes. Amemos y sabremos lo que es el bien; aborrezcamos y sabremos lo que es el mal. Hagamos bien a los que nos aborrecen, y las espinas se nos volverán flores. Esto dijo el Justo, esto digo yo . . . Sabiduría de sabidurías, y ciencia de ciencias.

—Sabidurías y armas al hombro —gruñó Torquemada con abatimiento—. Eso ya lo sabía yo . . . , pues lo de *al prójimo contra una esquina* siempre me ha parecido una barbaridad. No hablemos más de eso . . . No quiero pensar en cosas tristes. No digo más sino que si se

setting up a large, modern dairy, with reliable home delivery, moderate prices, an elegant plant, telephone, etc. He had been studying the plan, and . . .

"Believe me, my friend Don Francisco, it's a safe deal, especially if we add cows to the line, because in Madrid milk . . ."

"Leave me alone with milk and with . . . What do I have to do with donkeys or cows?" the Worst shouted, jumping to his feet and looking at him scornfully. "You see what shape I'm in, damn it; I'm dead with grief, and you come and talk to me about confounded milk . . . Talk to me about how to make God pay attention to us when we ask him for what we need, talk to me about . . . I don't know how to explain it . . . , about what it means to be good and to be bad . . . , because, either I'm a numbskull or that's one of the trickiest, most mysterious things . . ."

"You bet it's tricky, you bet it is, by God!" said the Sibyl with a self-satisfied expression, wagging his head and half-closing his eyes.

At that moment the fellow's stance was very different from that of his counterpart in the Sistine Chapel: he was seated, his hands were on the head of his cane, his cane was between his knees, which were both bent at the same angle; his hat was pushed back, his athletic body was disguised inside that overcoat with its greasy lapels, his shoulders and neck were sprinkled with dandruff. And despite those prosaic elements, the damned fellow looked like Dante and had been a priest in Egypt! That's what that scoundrelly Mankind will do . . .

"You bet it is!" the Sibyl repeated, getting ready to enlighten his friend with some superior opinion. "Good and evil . . . in other words, light and darkness!"

Bailón's way of speaking was very different from his written style. That's a very common phenomenon. But this time the solemnity of the occasion excited his imagination so vividly that the ideas came to his lips in the form characteristic of his literary school.

"You see, man hesitates in confusion when confronting the great problem. What is 'the good'? What is 'the bad'? My son, open your ears to the truth and your eyes to the light. The good is loving our fellow man. Let us love and we shall know what the good is; let us hate and we shall know what the bad is. Let us do good to those who hate us, and the thorns will turn into flowers for us. That's what the Just One said, that's what I say . . . Wisdom of wisdoms, and science of sciences."

"Wisdom and shoulder arms!" Torquemada grunted in his depression. "I already knew all that . . . because it always seemed terrible to me 'to back your fellow man up against the wall.' Let's not talk about that any more . . . I don't want to think about sad things. All I say is that if my son

me muere el hijo . . . , vamos, no quiero pensarlo . . . ; si se me muere, lo mismo me da lo blanco que lo negro . . .

En aquel momento oyóse un grito áspero, estridente, lanzado por Valentín, y que a entrambos los dejó suspensos de terror. Era el grito meníngeo, semejante al alarido del pavo real. Este extraño síntoma encefálico se había iniciado aquel día por la mañana y revelaba el gravísimo y pavoroso curso de la enfermedad del pobre niño matemático. Torquemada se hubiera escondido en el centro de la tierra para no oír tal grito: metióse en su despacho sin hacer caso de las exhortaciones de Bailón, y dando a éste con la puerta en el hocico dantesco. Desde el pasillo le sintieron abriendo el cajón de su mesa, y al poco rato apareció guardando algo en el bolsillo interior de la americana. Cogió el sombrero, y sin decir nada se fue a la calle.

Explicaré lo que esto significaba y adónde iba con su cuerpo aquella tarde el desventurado don Francisco. El día mismo en que cayó malo Valentín recibió su padre carta de una antiguo y sacrificado cliente o deudor suyo, pidiéndole préstamo con garantía de los muebles de la casa. Las relaciones entre la víctima y el inquisidor databan de larga fecha, y las ganancias obtenidas por éste habían sido enormes, porque el otro era débil, muy delicado y se dejaba desollar, freír y escabechar como si hubiera nacido para eso. Hay personas así. Pero llegaron tiempos penosísimos, y el señor aquel no podía recoger su papel. Cada lunes y cada martes el *Peor* le embestía, le mareaba, le ponía la cuerda al cuello y tiraba muy fuerte, sin conseguir sacarle ni los intereses vencidos. Fácilmente se comprenderá la ira del tacaño al recibir la cartita pidiendo un nuevo préstamo. ¡Qué atroz insolencia! Le habría contestado mandándole a paseo si la enfermedad del niño no le trajera tan afligido y sin ganas de pensar en negocios. Pasaron dos días, y allá te va otra esquela angustiosa, de *in extremis,* como pidiendo la Unción. En aquellas cortas líneas en que la víctima invocaba los *hidalgos sentimientos* de su verdugo se hablaba de un compromiso de honor, proponíanse las condiciones más espantosas, se pasaba por todo con tal de ablandar el corazón de bronce del usurero y obtener de él la afirmativa. Pues cogió mi hombre la carta, y, hecha pedazos, la tiró a la cesta de papeles, no volviendo a acordarse más de semejante cosa. ¡Buena tenía él la cabeza para pensar en los compromisos y apuros de nadie, aunque fueran los del mismísimo Verbo!

Pero llegó la ocasión aquella antes descrita, el coloquio con la *Tía Roma* y con don José, el grito de Valentín, y he aquí que al judío le da como una corazonada, se le enciende en la mollera fuego de inspiración, trinca el sombrero y se va derecho en busca de su des-

dies on me . . . come, I don't even want to think it . . . if he dies on me, white and black will be the same as far as I'm concerned . . ."

At that moment there was heard a wild, strident cry uttered by Valentín, which left both men terror-stricken. It was the meningitis cry, similar to the shriek of a peacock. This strange symptom of the brain had begun that morning, revealing the highly serious and frightening course of the poor little mathematician's illness. Torquemada would have hidden in the bowels of the earth to avoid hearing such cries: he shut himself up in his office, paying no heed to Bailón's exhortations and slamming the door on his Dantesque snout. From the corridor they heard him opening his desk drawer, and before long he appeared protecting something in the inside pocket of his jacket. He picked up his hat and went outside without a word.

I'll explain the meaning of this, and I'll tell where the unfortunate Don Francisco directed his steps that evening. On the very day when Valentín was taken ill, his father had received a letter from a former, sacrificed customer or debtor of his, requesting a loan on the security of his household furniture. The relations between the victim and the inquisitor were of long standing, and the profit the latter had received had been enormous, because the other man was weak and very delicate and let himself be skinned, fried, and pickled as if he had been born for it. There are such people. But extremely difficult times arose, and that gentleman had been unable to pay off his note. Every Monday and Tuesday the Worst would attack him, harass him, place the rope around his neck and pull hard on it, but he was never able to get even the overdue interest out of him. It will be readily understood how angry the miser was to get that note asking for a new loan. What horrible insolence! He would have replied telling him to go take a walk, if his boy's illness hadn't afflicted him so badly that he had no desire to think about business. Two days went by, and, what do you know, another anguished message, a message *in extremis,* as if requesting Extreme Unction. In those brief lines, in which the victim invoked his torturer's "noble sentiments," he spoke of a debt of honor, proposing the most frightful terms; he would go to any length to soften the usurer's bronze heart and obtain his consent. Well, my hero had taken that letter, ripped it to pieces, and thrown it into the wastebasket, and had never remembered the annoying incident again. His head was in no shape to think about anybody's honorable promises or financial woes, not even God's!

But that occasion I've described arrived, the talk with Aunt Roma and the one with Don José, and Valentín's shriek, and, lo and behold, the skinflint gets a sort of impulse, a fire of inspiration is kindled in his head, he grabs his hat, and heads directly toward his luckless customer's home.

dichado cliente. El cual era apreciable persona, sólo que de cortos al-
cances, con un familión sin fin, y una señora a quien le daba el hipo
por lo elegante. Había desempeñado el tal buenos destinos en la
Península y en Ultramar, y lo que trajo de allá, no mucho, porque era
hombre de bien, se lo afanó el usurero en menos de un año. Después
le cayó la herencia de un tío; pero como la señora tenía unos condenados *jueves* para reunir y agasajar a la mejor sociedad, los cuartos de
la herencia se escurrían de lo lindo, y sin saber cómo ni cuándo,
fueron a parar al bolsón de Torquemada. Yo no sé qué demonios tenía
el dinero de aquella casa, que era como un acero para correr hacia el
imán del maldecido prestamista. Lo peor del caso es que aun después
de hallarse la familia con el agua al pescuezo, todavía la tarasca aquella tan *fashionable* encargaba vestidos a París, invitaba a sus amigas
para un *five o'clock tea,* o imaginaba cualquier otra majadería por el
estilo.

Pues, señor, ahí va don Francisco hacia la casa del señor aquel, que,
a juzgar por los términos aflictivos de la carta, debía de estar a punto
de caer, con toda su elegancia y sus tés, en los tribunales, y de exponer
a la burla y a la deshonra un nombre respetable. Por el camino sintió
el tacaño que le tiraban de la capa. Volvióse . . . ¿y quién creéis que
era? Pues una mujer que parecía la Magdalena por su cara dolorida y
por su hermoso pelo, mal encubierto con pañuelo de cuadros rojos y
azules. El palmito era de la mejor ley; pero muy ajado ya por fatigosas
campañas. Bien se conocía en ella a la mujer que sabe vestirse,
aunque iba en aquella ocasión hecha un pingo, casi indecente, con
falda remendada, mantón de ala de mosca y unas botas . . . ¡Dios, qué
botas, y cómo desfiguraban aquel pie tan bonito!

—¡Isidora! . . . —exclamó don Francisco, poniendo cara de rego-
cijo, cosa en él muy desusada—. ¿Adónde va usted con ese ajetreado
cuerpo?

—Iba a su casa. Señor don Francisco, tenga compasión de nosotros
. . . ¿Por qué es usted tan tirano y tan de piedra? ¿No ve cómo estamos? ¿No tiene tan siquiera un poquito de humanidad?

—Hija de mi alma, usted me juzga mal . . . ¿Y si yo le dijera ahora
que iba pensando en usted . . . , que me acordaba del recado que me
mandó ayer por el hijo de la portera . . . , y de lo que usted misma me
dijo anteayer en la calle?

—¡Vaya, que no hacerse cargo de nuestra situación! —dijo la mujer,
echándose a llorar—. Martín, muriéndose . . . , el pobrecito . . . , en
aquel buhardillón helado . . . Ni cama, ni medicinas, ni con qué poner
un triste puchero para darle una taza de caldo . . . ¡Qué dolor! Don

This man was a person worthy of esteem, though not especially bright, with a huge family and a wife with a yen to be elegant. The fellow had held down good jobs in Spain and overseas, but what he brought back from there, which wasn't much because he was honest, the usurer swindled him out of in less than a year. Later he received an inheritance from an uncle, but since his wife held a confounded salon on Thursdays to gather together and entertain the cream of society, the money from the inheritance trickled away quickly and—no one could tell how or when— wound up in Torquemada's purse. I don't know what devils possessed the money in that household, but it was like iron filings flying onto the accursed moneylender's magnet. The worst of it was that, even after the water was up to the family's neck, that hag who was so "fashionable" kept on ordering her dresses from Paris, inviting her girl friends to a "five o'clock tea," or thinking up some other similar tomfoolery.

Well, sir, there was Don Francisco off to the home of that gentleman, who, to judge by the distressing terms in his letter, must have been on the brink of landing in court, despite all his elegance and teas, exposing a respectable name to mockery and dishonor. On the way the miser felt someone tugging at his cape. He turned around . . . and who do you think it was? Well, it was a woman who resembled the Magdalen, with her sorrowful face and her beautiful hair, which was only partly covered with a kerchief of red and blue checks. Her face was of the best quality, but already very worn out by wearisome campaigns. It was easy to see in her a woman who knew how to dress, although on that occasion she was very dowdy, almost indecent, with a patched skirt, a dingy gray cloak, and boots—God, what boots, and how ugly they made her really pretty feet!

"Isidora!" exclaimed Don Francisco, putting on a joyful expression, which was very unusual for him. "Where are you dragging that worn-out body?"

"I was going to your house. Don Francisco, take pity on us . . . Why are you such a tyrant and so hardhearted? Can't you see what shape we're in? Don't you have any human feelings at all?"

"My darling girl, you misjudge me . . . What if I were to tell you I was just thinking about you . . . that I was recalling the message you sent me yesterday by the janitress's boy . . . and what you yourself told me in the street day before yesterday?"

"Oh, my, not to bear our situation in mind!" the woman said, starting to cry. "Martín dying . . . the poor man . . . in that freezing garret . . . No bed, no medicine, nothing to make a miserable stew with to give him a cup of broth . . . What suffering! Don Francisco, be a Christian

Francisco, tenga cristiandad y no nos abandone. Cierto que no tenemos crédito; pero a Martín le quedan media docena de estudios muy
bonitos . . . Verá usted . . . , el de la sierra de Guadarrama, precioso
. . . ; el de La Granja, con aquellos arbolitos . . . , también, y el de . . .
qué sé yo qué. Todos muy bonitos. Se los llevaré . . . , pero no sea malo
y compadézcase del pobre artista . . .

—¡Eh . . . , eh! . . . No llore, mujer . . . Mire que yo estoy montado
a pelo . . . ; tengo una aflicción tal dentro de mi alma, Isidora, que . . . ,
que . . . , si sigue usted llorando, también yo soltaré el trapo. Váyase a
su casa, y espéreme allí. Iré dentro de un ratito . . . ¿Qué . . . ? ¿Duda
de mi palabra?

—Pero ¿de veras que va? No me engañe, por la Virgen Santísima.

—Pero ¿la he engañado yo alguna vez? Otra queja podrá tener de
mí; pero lo que es ésa . . .

—¿Le espero de verdad? . . . ¡Qué bueno será usted si va y nos socorre! . . . ¡Martín se pondrá más contento cuando se lo diga!

—Váyase tranquila . . . Aguárdeme, y mientras llego pídale a Dios
por mí con todo el fervor que pueda.

VII

No tardó en llegar a la casa del cliente, la cual era un principal muy
bueno, amueblado con mucho lujo y elegancia, con *vistas a San
Bernardino*. Mientras aguardaba a ser introducido, el *Peor* contempló
el hermoso perchero y los soberbios cortinajes de la sala, que por la
entornada puerta se alcanzaban a ver, y tanta magnificencia le sugirió
estas reflexiones: «En lo tocante a los muebles, como buenos, lo son
. . . vaya si lo son». Recibióle el amigo en su despacho; y apenas
Torquemada le preguntó por la familia, dejóse caer en una silla con
muestras de gran consternación.

—Pero ¿qué le pasa? —le dijo el otro.

—No me hable usted, no me hable usted, señor don Juan. Estoy
con el alma en un hilo . . . ¡Mi hijo . . . !

—¡Pobrecito! Sé que está muy malo . . . Pero ¿no tiene usted esperanzas?

—No, señor . . . Digo, esperanzas, lo que se llama esperanzas . . .
No sé, estoy loco; mi cabeza es un volcán . . .

—¡Sé lo que es eso! —observó el otro con tristeza—. He perdido
dos hijos que eran mi encanto: el uno de cuatro años, el otro de once.

—Pero su dolor de usted no puede ser como el mío. Yo, padre, no me

and don't abandon us. Of course we don't have credit, but Martín still has half a dozen very pretty pictures . . . You'll see . . . the view of the Sierra de Guadarrama, a real jewel . . . the view of La Granja with those little trees . . . and also the one of . . . I don't know. All very pretty. I'll bring them to you . . . but don't be mean, and have pity on the poor artist . . ."

"Now, now! Don't cry, woman . . . Look, I'm on edge . . . I've got such a great sorrow in my soul, Isidora, that . . . if you go on crying, I'll burst into tears also. Go home and wait for me there. I'll come in a little while . . . What? . . . You doubt my word?"

"But you'll really come? Don't fool me, for the love of the Most Holy Virgin!"

"But have I ever fooled you? Yes, you may complain about something else that I did, but as for that . . ."

"I can really expect you? . . . How good you'll be if you come and help us! . . . Martín will be tremendously pleased when I tell him!"

"Go and be calm . . . Wait for me, and until I arrive, pray to God for me with all the fervor that you can!"

VII

It didn't take him long to reach his customer's dwelling, which occupied the very fine main floor of an apartment building, furnished with great luxury and elegance, with a view of San Bernardino. While waiting to be admitted, the Worst studied the beautiful clothes rack and the superb drapes in the parlor, which he could manage to see through the partly opened door, and all that splendor prompted the following thoughts in his mind: "As regards the furniture, it *is* good . . . I'll say it is." His friend received him in his office; as soon as Torquemada had asked him about his family, he dropped onto a chair with signs of great consternation.

"But what's wrong?" the man asked him.

"Don't ask, don't ask, Don Juan. My soul is hanging by a thread . . . My son . . . !"

"Poor boy! I know he's very ill . . . But don't you have any hope?"

"No, sir . . . I mean hope, actual hope . . . I don't know, I'm out of my mind; my head is a volcano . . ."

"I know how it is!" the man remarked sadly. "I lost two boys who were my joy: one at the age of four and one at eleven."

"But your sorrow can't be like mine. As a father I don't compare

parezco a los demás padres, porque mi hijo no es como los demás hijos:
es un milagro de sabiduría. ¡Ay, don Juan, don Juan de mi alma, tenga
usted compasión de mí! Pues verá usted . . . Al recibir su carta primera
no pude ocuparme . . . , la aflicción no me dejaba pensar . . . Pero me
acordaba de usted y decía: «Aquel pobre don Juan, ¡qué amarguras estará pasando! . . .» Recibo la segunda esquela, y entonces digo: «Ea, pues
lo que es yo no le dejo en ese pantano. Debemos ayudarnos los unos a
los otros en nuestras desgracias.» Así pensé; sólo que con la batahola que
hay en casa no tuve tiempo de venir ni de contestar . . . Pero hoy, aunque
estaba medio muerto de pena, dije: «Voy, voy al momento a sacar del
purgatorio a ese buen amigo don Juan . . .» Y aquí estoy para decirle que
aunque me debe usted setenta y tantos mil reales, que hacen más de
noventa con los intereses no percibidos, y aunque he tenido que darle
varias prórrogas, y . . . , francamente . . . , me temo tener que darle alguna más, estoy decidido a hacerle a usted ese préstamo sobre los muebles para que evite la peripecia que se le viene encima.

—Ya está evitada —replicó don Juan, mirando al prestamista con la
mayor frialdad—. Ya no necesito el préstamo.

—¡Que no lo necesita! —exclamó el tacaño, desconcertado—.
Repare usted una cosa, don Juan. Se lo hago a usted . . . al doce por
ciento.

Y viendo que el otro hacía signos negativos, levantóse, y recogiendo
la capa, que se le caía, dio algunos pasos hacia don Juan, le puso la
mano en el hombro y le dijo:

—Es que usted no quiere tratar conmigo por aquello de que si soy
o no soy agarrado. ¡Me parece a mí que un doce! ¿Cuándo las habrá
visto usted más gordas?

—Me parece muy razonable el interés; pero, le repito, ya no me
hace falta.

—¡Se ha sacado usted el premio gordo, por vida de . . . ! —exclamó
Torquemada con grosería—. Don Juan, no gaste usted bromas conmigo . . . ¿Es que duda de que le hable con seriedad? Porque eso de
que no le hace falta . . . , ¡rábano! . . . , ¡a usted!, que sería capaz de
tragarse no digo yo este pico, sino la Casa de la Moneda enterita . . .
Don Juan, don Juan, sepa usted, si no lo sabe, que yo también tengo
mi humanidad como cualquier hijo de vecino, que me intereso por el
prójimo y hasta que favorezco a los que me aborrecen. Usted me odia,
don Juan; usted me detesta, no me lo niegue, porque no me puede
pagar; esto es claro. Pues bien: para que vea usted de lo que soy capaz,
se lo doy al cinco . . . , ¡al cinco!

Y como el otro repitiera con la cabeza los signos negativos,

myself with other fathers, because my son isn't like all the rest: he's a miracle of wisdom. Oh, Don Juan, my dear Don Juan, have pity on me! Because you'll see . . . When I got your first letter I was unable to attend to anything . . . my grief wouldn't allow me to think . . . But I kept you in mind and I said: 'That poor Don Juan, what a bitter time he must be having! . . .' I got the second note, and then I said: 'Ho! Seeing how it is, I'm not going to leave him in this mess. We must help one another in our misfortunes.' That's what I thought; but with the hubbub at home I had no time to come or to reply . . . But today, even though I was half dead with grief, I said: 'I'm going, I'm going right this minute to free my good friend Don Juan from Purgatory . . .' And here I am, to tell you that, even though you owe me seventy-odd thousand *reales,* which makes over ninety counting the interest I haven't received, and even though I've had to give you several extensions, and . . . speaking frankly . . . I'm afraid I'll have to give you even more, I'm determined to make you this loan on your furniture so you can avoid the trouble that's hanging over your head."

"It's already been avoided," replied Don Juan, looking at the money-lender as coldly as possible. "I no longer need the loan."

"You don't need it!" exclaimed the miser, disconcerted. "Notice one thing, Don Juan. For you I'm making it . . . at twelve percent."

And seeing that the man was making signs of rejection, he got up and, pulling up his cape, which was slipping down, he took a few steps toward Don Juan, placed his hand on his shoulder, and said:

"It's because you don't want to deal with me on the grounds of my being so closefisted. It seems to me, though, that twelve percent . . . ! When have you ever had a better offer?"

"I consider the interest quite reasonable, but, as I've said, I no longer need the money."

"You've won first prize in the lottery, by God!" Torquemada vulgarly exclaimed. "Don Juan, don't tell me any jokes . . . Do you doubt I'm speaking to you seriously? Because that story about not needing the money . . . baloney! . . . you, who'd be capable of swallowing up not merely this trifle, but the entire Mint! . . . Don Juan, Don Juan, let me tell you, if you don't already know, that I have human feelings just like anyone else, that I take an interest in my fellow man and even do favors for those who despise me. You hate me, Don Juan; you detest me, don't deny it, because you can't pay me; that's obvious. All right, then: so you can see what I'm capable of, I'll give you the money at five percent . . . five!"

When the man shook his head "no" again, Torquemada became more

Torquemada se desconcertó más, y alzando los brazos, con lo cual dicho se está que la capa fue a parar al suelo, soltó esta andanada:

—¡Tampoco al cinco! . . . Pues, hombre, menos que el cinco, ¡caracoles! . . . , a no ser que quiera que le dé también la camisa que llevo puesta . . . ¿Cuándo se ha visto usted en otra? . . . Pues no sé qué quiere el ángel de Dios . . . De esta hecha me vuelvo loco. Para que vea, para que vea hasta dónde llega mi generosidad, se lo doy sin interés.

—Muchas gracias, amigo don Francisco. No dudo de sus buenas intenciones. Pero ya nos hemos arreglado. Viendo que usted no me contestaba me fui a dar con un pariente, y tuve ánimos para contarle mi triste situación. ¡Ojalá lo hubiera hecho antes!

—Pues aviado está el pariente . . . Ya puede decir que ha hecho un pan como unas hostias . . . Con muchos negocios de ésos . . . En fin, usted no lo ha querido de mí, usted se lo pierde. Vaya diciendo ahora que no tengo buen corazón; quien no lo tiene es usted . . .

—¿Yo? Ésa sí que es salada.

—Sí, usted, usted —con despecho—. En fin, me las guillo, que me aguardan en otra parte donde hago muchísima falta, donde me están esperando como agua de mayo. Aquí estoy de más. Abur . . .

Despidióle don Juan en la puerta, y Torquemada bajó la escalera refunfuñando:

—No se puede tratar con gente mal agradecida. Voy a entenderme con aquellos pobrecitos . . . ¡Qué será de ellos sin mí! . . .

No tardó en llegar a la otra casa, donde le aguardaban con tanta ansiedad. Era en la calle de la Luna, edificio de buena apariencia, que albergaba en el principal a un aristócrata; más arriba, familias modestas, y en el techo, un enjambre de pobres. Torquemada recorrió el pasillo oscuro buscando una puerta. Los números de éstas eran inútiles, porque no se veían. La suerte fue que Isidora le sintió los pasos y abrió.

—¡Ah! Vivan los hombres de palabra. Pase, pase.

Hallóse don Francisco dentro de una estancia cuyo inclinado techo tocaba al piso por la parte contraria a la puerta; arriba, un ventanón con algunos de sus vidrios rotos, tapados con trapos y papeles; el suelo, de baldosín, cubierto a trechos de pedazos de alfombra; a un lado un baúl abierto, dos sillas, un anafre con lumbre; a otro, una cama, sobre la cual, entre mantas y ropas diversas, medio vestido y medio abrigado, yacía un hombre como de treinta años, guapo, de barba puntiaguda, ojos grandes, frente hermosa, demacrado y con los pómulos ligeramente encendidos; en las sienes una depresión ver-

upset and, raising his arms, so that naturally his cape landed on the floor, he unleashed this tirade:

"Not even at five! . . . Well, man, less than five, damn it! . . . unless you want me to give you the shirt I'm wearing, also . . . When have you had such an opportunity? . . . Then, I don't know what this angel of God wants! . . . From this moment on, I'm going crazy. To show you, to show you the extent of my generosity, I'll give you the money without interest!"

"Many thanks, my friend Don Francisco. I don't doubt your good intentions. But I've already made an arrangement. Seeing that you didn't answer me, I went to see a relative, and I had the courage to tell him about my sad situation. I wish I had done that previously!"

"Well, that relative is up the creek. . . . Now he can say that he made a really rotten investment! . . . With a lot of transactions like this one . . . In short, you didn't want to deal with me, and that's your hard luck! Now go and say I don't have a kind heart; *you're* the one who doesn't . . ."

"I? Well, that's the limit!"

"Yes, you, you!" he said angrily. "Well, I'm on my way, because I'm expected elsewhere, in a place where there's great need of me, where they're awaiting me like rain for spring crops. Here, I'm just in the way. Good-bye! . . ."

Don Juan took leave of him at the door, and Torquemada descended the staircase grumbling:

"You can't deal with ungrateful people. I'll get along with that impoverished couple . . . What will become of them without me? . . ."

It didn't take him long to reach the other house, where he was awaited so anxiously. It was on the Calle de la Luna, a good-looking building which sheltered an aristocrat on its main floor; higher up were families of moderate means and, below the roof, a swarm of paupers. Torquemada went down the dark corridor looking for the right door. The numbers were of no use because they were illegible. As luck would have it, Isidora heard his footsteps and let him in.

"Ah! God bless people who keep their word! Come in, come in."

Don Francisco found himself in a room whose inclined ceiling reached the floor on the end opposite the door; above was a skylight with some of its panes broken and stuffed with rags and paper; the tile floor was covered here and there with pieces of carpeting; on one side stood an open trunk, two chairs, and a lighted brazier; on the other, a bed, in which, under blankets and various articles of clothing, half dressed and half under the covers, lay a man of about thirty, handsome, with a pointed beard, big eyes, and a fine forehead; he was emaciated, his cheekbones were slightly flushed, his temples had a greenish depression, and his ears

dosa, y las orejas transparentes como la cera de los exvotos que se cuelgan en los altares. Torquemada le miró sin contestar al saludo y pensaba así: «El pobre está más tísico que la *Traviatta*. ¡Lástima de muchacho! Tan buen pintor y tan mala cabeza . . . ¡Habría podido ganar tanto dinero!»

—Ya ve usted, don Francisco, cómo estoy . . . Con este catarrazo que no me quiere dejar. Siéntese . . . ¡Cuánto le agradezco su bondad!

—No hay que agradecer nada . . . Pues no faltaba más. ¿No nos manda Dios vestir a los enfermos, dar de beber al triste, visitar al desnudo? . . . ¡Ay! Todo lo trabuco. ¡Qué cabeza! . . . Decía que para aliviar las desgracias estamos los hombres de corazón blando . . . , sí, señor.

Miró las paredes del guardillón, cubiertas en gran parte por multitud de estudios de paisajes, algunos con el cielo para abajo, clavados en la pared o arrimados a ella.

—Bonitas cosas hay todavía por aquí.

—En cuanto suelte el constipado voy a salir al campo —dijo el enfermo, los ojos iluminados por la fiebre—. ¡Tengo una idea, qué idea! . . . Creo que me pondré bueno de ocho a diez días, si usted me socorre, don Francisco, y en seguida al campo, al campo . . .

«Al campo santo es a donde tú vas prontito», pensó Torquemada, y luego en alta voz:

—Sí, eso es cuestión de ocho o diez días . . . nada más . . . Luego saldrá usted por ahí . . . , en un coche . . . ¿Sabe usted que la guardilla es fresquita? . . . ¡Caramba! Déjeme embozar en la capa.

—Pues asómbrese usted —dijo el enfermo incorporándose—. Aquí me he puesto algo mejor. Los últimos días que pasamos en el estudio . . . , que se lo cuente a usted Isidora . . . , estuve malísimo; como que nos asustamos, y . . .

Le entró tan fuerte golpe de tos, que parecía que se ahogaba. Isidora acudió a incorporarle, levantando las almohadas. Los ojos del infeliz parecía que se saltaban, sus deshechos pulmones agitábanse trabajosamente, como fuelles que no pueden expeler ni aspirar el aire; crispaba los dedos, quedando al fin postrado y como sin vida. Isidora le enjugó el sudor de la frente, puso en orden la ropa que por ambos lados del angosto lecho se caía y le dio a beber un calmante.

—Pero ¡qué pasmo tan atroz he cogido! . . . —exclamó el artista al reponerse del acceso.

—Habla lo menos posible —le aconsejó Isidora—. Yo me entenderé con don Francisco; verás cómo nos arreglamos. Este don Francisco es más bueno de lo que parece, es un santo disfrazado de diablo, ¿verdad?

Al reírse mostró su dentadura incomparable, una de las pocas gra-

were as transparent as the wax of the ex-votos that are hung on altars. Torquemada looked at him, making no reply to the greeting, and he thought to himself: "The poor man is more consumptive than *La Traviata*. Pity on the boy! Such a good painter and such a weak head . . . He could have made so much money!"

"Well, Don Francisco, you can see how I am . . . With this flu that keeps hanging on. Have a seat . . . How I appreciate your kindness!"

"No need for any thanks . . . What else could I do? Doesn't God command us to clothe the ill, give a drink to the unhappy, visit the naked? . . . Ouch! I'm mixing it all up. What a head! . . . I was saying that we warmhearted men exist to alleviate distress . . . yes, sir."

He looked at the garret walls, which were mostly covered with a multitude of landscapes, some with the sky at the bottom, nailed to the wall or leaning against it.

"You still have some pretty things here."

"As soon as my head cold is gone, I'm going to the country," the sick man said, his eyes glowing with fever. "I have an idea, what an idea! . . . I think I'll be well in a week or ten days, if you help me out, Don Francisco, and then right off to the country, the country . . ."

"The cemetery is where you're going pretty soon," Torquemada thought to himself; then he said aloud:

"Yes, it's a matter of a week or ten days . . . no more . . . Then you'll head out there . . . in a carriage . . . You know, the garret is a little chilly. Damn! Let me wrap myself up in my cape."

"Then, let me astonish you," said the sick man, sitting up. "I've gotten a little better here. The last days we spent in my studio . . . ask Isidora to tell you . . . I felt terrible, so we got frightened and . . ."

He was seized by such a strong fit of coughing that he seemed to be suffocating. Isidora ran over to sit him up, raising his pillows. The poor man's eyes seemed to be popping out, his frazzled lungs were beating laboriously, like a bellows that can't expel or draw in the air; his fingers twitched, and he finally was left prostrate and looking lifeless. Isidora wiped away the sweat from his forehead, arranged the clothes that were slipping down on both sides of the narrow bed, and gave him a sedative to drink.

"My, what a terrible cold I've caught!" the artist exclaimed when recovering from the attack.

"Speak as little as possible," Isidora advised him. "I'll deal with Don Francisco; you'll see how well we settle things. This Don Francisco is kinder than he looks, he's a saint disguised as a devil, right?"

When she laughed she showed her magnificent teeth, one of the few

cias que le quedaban en su decadencia triste. Torquemada, echándoselas de bondadoso, la hizo sentar a su lado y le puso la mano en el hombro, diciéndole:

—Ya lo creo que nos arreglaremos . . . Como que con usted se puede entender uno fácilmente; porque usted, Isidorita, no es como esas otras mujeronas que no tienen educación. Usted es una persona decente que ha venido a menos, y tiene todo el aquel de mujer fina, como hija neta de marqueses . . . Bien lo sé . . . , y que le quitaron la posición que le corresponde esos pillos de la curia . . .

—¡Ay, Jesús! —exclamó Isidora, exhalando en un suspiro todas las remembranzas tristes y alegres de su novelesco pasado—. No hablemos de eso . . . Pongámonos en la realidad, don Francisco. ¿Se ha hecho usted cargo de nuestra situación? A Martín le embargaron el estudio. Las deudas eran tantas, que no pudimos salvar más que lo que usted ve aquí. Después hemos tenido que empeñar toda su ropa y la mía para poder comer . . . No me queda más que lo puesto . . . , ¡mire usted qué facha!, y a él nada, lo que le ve usted sobre la cama. Necesitamos desempeñar lo preciso; tomar una habitación más abrigada, la del tercero, que está con papeles; encender lumbre, comprar medicinas, poner siquiera un buen cocido todos los días . . . Un señor de la beneficencia domiciliaria me trajo ayer dos bonos, y me mandó ir allá adonde está la oficina; pero tengo vergüenza por presentarme con esta facha . . . Los que hemos nacido en cierta posición, señor don Francisco, por mucho que caigamos, nunca caemos hasta lo hondo . . . Pero vamos al caso; para todo eso que le he dicho y para que Martín se reponga y pueda salir al campo, necesitamos tres mil reales . . . , y no digo cuatro porque no se asuste. Es lo último. Sí, don Francisco de mi alma, y confiamos en su buen corazón.

—¡Tres mil reales! —dijo el usurero poniendo la cara de duda reflexiva que para los casos de benevolencia tenía; cara que era ya en él como una fórmula dilatoria de las que se usan en diplomacia—. ¡Tres mil realetes! . . . Hija de mi alma, mire usted.

Y haciendo con los dedos pulgar e índice una perfecta rosquilla, se la presentó a Isidora, y prosiguió así:

—No sé si podré disponer de los tres mil reales en el momento. De todos modos, me parece que podrían ustedes arreglarse con menos. Piénselo bien y ajuste sus cuentas. Yo estoy decidido a protegerlos y ayudarlos para que mejoren de suerte . . . , llegaré hasta el sacrificio y hasta quitarme el pan de la boca para que ustedes maten el hambre, pero . . . , pero reparen que debo mirar también por mis intereses . . .

charms remaining to her in her sad decline. Torquemada, showing off his good nature, had her sit next to him and placed his hand on her shoulder, saying:

"I'm sure we'll see eye to eye . . . Because you're easy to get along with, seeing that you, Isidorita, aren't like those vulgar women who have no upbringing. You're a respectable person who's come down in the world, and you have all the charm of a fine lady, like a real marquis's daughter . . . I'm well aware of it . . . and I know it was those scoundrels in court who deprived you of the station that befits you . . ."

"Oh, Jesus!" Isidora exclaimed, exhaling in a sigh all the sad and happy recollections of her checkered past. "Let's not talk about that . . . Let's get down to facts, Don Francisco. Have you taken stock of our situation? Martín's studio has been seized by the bailiffs. We had so many debts that we could save only what you see here. Later on, we had to pawn all of his clothing and mine to be able to eat . . . All I have left is what I'm wearing . . . look at my appearance! . . . and he has nothing, just what you see on the bed. We need to get the necessary things out of hock, and rent a room that's warmer, the one on the fourth floor, which is to let; we need to light a fire, buy medicine, and cook at least one good boiled dinner every day . . . A gentleman from the home-relief agency brought me two certificates yesterday, and told me to go where their office is, but I'm ashamed to show my face looking like this . . . People like us, Don Francisco, who were born in a certain station, however far we fall, never fall all the way to the bottom . . . But let's get down to brass tacks: for all the things I've mentioned, and for Martín to get well and be able to go to the country, we need three thousand *reales* . . . and the only reason I'm not saying four is so you won't get scared off. It's the last loan. Yes, my very dear Don Francisco, and we're trusting in the goodness of your heart."

"Three thousand *reales!*" said the usurer, assuming the expression of reflective doubt that he reserved for cases of benevolence, an expression that in him had already become a sort of delaying tactic of the type that diplomats use. "Three thousand *reales!* Look here, my dear lady."

And making a perfect circle with his thumb and index finger, he held it up to Isidora, and continued as follows:

"I don't know whether I can put my hands on the three thousand *reales* right now. In any case, I think you can make do with less. Think it over carefully and redo the calculations. I'm resolved to protect you and aid you so you can better your lot . . . I'll even go so far as to make sacrifices and take the bread out of my mouth so you can still your hunger, but . . . but note carefully that I also have to look out for my interests . . ."

—Pongamos el interés que quiera, don Francisco —dijo con énfasis el enfermo, que por lo visto deseaba acabar pronto.

—No me refiero al materialismo del rédito del dinero, sino a mis intereses, claro, a mis intereses. Y doy por hecho que ustedes piensan pagarme algún día.

—Pues claro —replicaron a una Martín e Isidora.

Y Torquemada para su coleto: «El día del Juicio por la tarde me pagaréis; ya sé que éste es dinero perdido».

El enfermo se incorporó en su lecho, y con cierta exaltación dijo al prestamista:

—Amigo, ¿cree usted que mi tía, la que está en Puerto Rico, ha de dejarme en esta situación cuando se entere? Ya estoy viendo la letra de cuatrocientos o quinientos pesos que me ha de mandar. Le escribí por el correo pasado.

«Como no te mande tu tía quinientos puñales», pensó Torquemada. Y en voz alta:

—Y alguna garantía me han de dar ustedes también . . . , digo, me parece que . . .

—¡Toma! Los estudios. Escoja los que quiera.

Echando en redondo una mirada pericial, Torquemada explanó su pensamiento en esta forma:

«Bueno, amigos mios, voy a decirles una cosa que les va a dejar turulatos. Me he compadecido de tanta miseria; yo no puedo ver una desgracia semejante sin acudir al instante a remediarla. ¡Ah! ¿Qué idea teníais de mí? Porque otra vez me debieron un pico y los apuré y los ahogué, ¿creen que soy de mármol? Tontos, era porque entonces le vi triunfando y gastando, y, francamente, el dinero que yo gano con tanto afán no es para tirarlo en francachelas. No me conocéis, os aseguro que no me conocéis. Comparen la tiranía de esos chupones que les embargaron el estudio y os dejaron en cueros vivos; comparen eso, digo, con mi generosidad y con ese corazón tierno que me ha dado Dios . . . Soy tan bueno, tan bueno, que yo mismo me tengo que alabar y darme las gracias por el bien que hago. Pues verán qué golpe. Miren . . .»

Volvió a aparecer la rosquilla, acompañada de estas graves palabras:

—Les voy a dar los tres mil reales, y se los voy a dar ahora mismo . . . , pero no es eso lo más gordo, sino que se los voy a dar sin intereses . . . Qué tal, ¿es esto rasgo o no es rasgo?

—Don Francisco —exclamó Isidora con efusión—, déjeme que le dé un abrazo.

"Let's make it whatever interest you like, Don Francisco," the sick man said with emphasis; he obviously wanted to end the discussion quickly.

"I'm not referring literally to the income from the loan, but to my interests, of course, to my interests. And I'm perfectly sure you intend to pay me back some day."

"Well, naturally," Martín and Isidora replied at the same time.

And Torquemada said to himself: "Yes, you'll pay me back on the afternoon of Doomsday; I know already that this is money thrown out."

The sick man sat up in bed, and with some excitement he said to the moneylender:

"My friend, do you think my aunt, the one in Puerto Rico, is going to leave me in this situation when she hears about it? I can already see the draft for four or five hundred *pesos* she'll send me. I wrote to her by the last mail."

"Your aunt isn't going to send you five hundred of anything!" Torquemada said to himself. Then, aloud:

"And you have to give me some security, as well . . . I mean, it seems to me that . . ."

"That's it! The pictures. Pick out any that you want."

Casting an expert glance all around, Torquemada clarified his ideas in this manner:

"Good, my friends, I'm going to tell you something that will leave you astounded. I have taken pity on such great poverty; I can't behold such misfortune without rushing to alleviate it at once. Ah! What kind of opinion did you have of me? Just because on another occasion you owed me a trifle and I dunned and harassed you, do you think I'm made of marble? Silly people, it was because at that time I saw you showing off and spending freely, and, frankly, the money that I earn with so much trouble isn't meant to be squandered on banquets. You don't know me, I assure you you don't know me. Compare the tyranny of those bloodsuckers who seized your studio and left you naked; I say, compare that to my generosity and this tender heart which God has given me . . . I'm so good, so good, that I have to praise myself and thank myself for the good things I do. Now comes the surprise. Look . . ."

The finger circle reappeared, accompanied by these grave words:

"I'm going to give you the three thousand *reales*, and I'm going to give it to you right now . . . but that isn't the best of it: I'm going to give it to you with no interest . . . How's that, is it a kind action, or isn't it?"

"Don Francisco!" Isidora exclaimed effusively. "Let me give you a hug."

—Y yo le daré otro si viene acá —gritó el enfermo, queriendo echarse fuera de la cama.

—Sí, vengan todos los cariños que queráis —dijo el tacaño, dejándose abrazar por ambos—. Pero no me alaben mucho, porque estas acciones son deber de toda persona que mire por la Humanidad, y no tienen gran mérito . . . Abrácenme otra vez, como si fuera vuestro padre, y compadézcanme, que yo también lo necesito . . . En fin, que se me saltan las lágrimas si me descuido, porque soy tan compasivo . . . , tan . . .

—Don Francisco de mis entretelas —declaró el tísico arropándose bien otra vez con aquellos andrajos—, es usted la persona más cristiana, más completa y más humanitaria que hay bajo el sol. Isidora, trae el tintero, la pluma y el papel sellado que compraste ayer, que voy a hacer un pagaré.

La otra le llevó lo pedido, y mientras el desgraciado joven escribía, Torquemada, meditabundo y con la frente apoyada en un solo dedo, fijaba en el suelo su mirar reflexivo. Al coger al documento que Isidora le presentaba, miró a sus deudores con expresión paternal y echó el registro afeminado y dulzón de su voz para decirles:

—Hijos de mi alma, no me conocéis. Pensáis sin duda que voy a guardarme este pagaré . . . Sois unos bobalicones. Cuando yo hago una obra de caridad, allá te va de veras, con el alma y con la vida. No os presto los tres mil reales, os los regalo, por vuestra linda cara. Mirad lo que hago: ras, ras.

Rompió el papel. Isidora y Martín lo creyeron porque lo estaban viendo, que si no, no lo hubieran creído.

—Eso se llama hombre cabal . . . Don Francisco, muchísimas gracias —dijo Isidora, conmovida.

Y el otro, tapándose la boca con las sábanas para contener el acceso de tos que se iniciaba:

—¡María Santísima, qué hombre tan bueno!

—Lo único que haré —dijo don Francisco levantándose y examinando de cerca los cuadros— es aceptar un par de estudios, como recuerdo . . . Este de las montañas nevadas y aquel de los burros pastando . . . Mire usted, Martín, también me llevaré, si le parece, aquella marinita y este puente con hiedra . . .

A Martín le había entrado el acceso y se asfixiaba. Isidora, acudiendo a auxiliarle, dirigió una mirada furtiva a las tablas y al escrutinio y elección que de ellas hacía el aprovechado prestamista.

—Los acepto como recuerdo —dijo éste apartándolos—; y si les parece bien, también me llevaré este otro . . . Una cosa tengo que ad-

"And I'll give you another one if you come over here!" shouted the sick man, trying to get out of bed.

"Yes, all the affection you wish to give is welcome," the miser said, allowing both of them to embrace him. "But don't praise me too much, because such deeds are the duty of every person who looks out for Mankind, and they aren't so meritorious . . . Hug me again, as if I were your father, and take pity on me, for I need it, too . . . In a word, my tears flow if I'm not careful, because I'm so compassionate . . . , so . . ."

"My deeply respected Don Francisco," the consumptive declared, covering himself warmly again with those rags, "you are the most Christian, most upright, and most humanitarian person under the sun. Isidora, bring over the inkwell, the pen, and the official stamped stationery that you bought yesterday, and I'll write out an I.O.U."

The woman brought him what he had requested, and while the unfortunate young man was writing, Torquemada, pensively resting his forehead on a single finger, was staring at the floor lost in thought. Upon receiving the document that Isidora handed him, he looked at his debtors with a paternal expression and shifted his voice into its feminine, sugarsweet register to say:

"Dearest children, you don't know me. You no doubt think I'm going to keep this I.O.U. . . . . You're a couple of ninnies. When I perform a charitable act, I go all the way, with heart and soul. I'm not lending you the three thousand *reales,* I'm making you a gift of it, for your good looks. Watch what I'm doing: rip, rip."

He tore up the paper. Isidora and Martín only believed it because they saw it; otherwise, they wouldn't have.

"That's what I call a real man . . . Don Francisco, many thanks!" said Isidora, touched.

And the artist, covering his mouth with the sheets to curb the fit of coughing that was beginning:

"Holy Mother of God, what a good man!"

"The only thing I'll do," said Don Francisco, standing up and examining the pictures closely, " is to accept a couple of pictures as a souvenir . . . This one with the snow-covered mountains and that one with the donkeys grazing . . . Look, Martín, if it's all right with you, I'll also take that little seascape and this bridge with ivy . . ."

Martín's fit was in full swing and he was choking. Isidora, rushing over to help him, cast a furtive glance at the pictures and at the scrutiny and selection of them that the stingy moneylender was making.

"I accept them as a souvenir," he said, setting them aside; "and if it's all right with you two, I'll also take this other one . . . I must advise you of one

vertirles: si temen que con las mudanzas se estropeen estas pinturas,
llévenmelas a casa, que allí las guardaré y pueden recogerlas el día que
quieran . . . Vaya, ¿va pasando esa condenada tos? La semana que
entra ya no toserá usted nada, pero nada. Irá usted al campo . . . , allá,
por el puente de San Isidro . . . Pero ¡qué cabeza la mía! . . . , se me
olvidaba lo principal, que es darles los tres mil reales . . . Venga acá,
Isidorita, entérese bien . . . Un billete de cien pesetas, otro, otro . . .
—los iba contando y mojaba los dedos con saliva a cada billete para
que no se pegaran—. Setecientas pesetas . . . No tengo billete de cincuenta, hija. Otro día lo daré. Tiene ahí ciento cuarenta duros, o sean
dos mil ochocientos reales . . .

VIII

Al ver el dinero, Isidora casi lloraba de gusto, y el enfermo se
animó tanto, que parecía haber recobrado la salud. ¡Pobrecillos,
estaban tan mal, habían pasado tan horribles escaseces y miserias!
Dos años antes se conocieron en casa de un prestamista que a entrambos los desollaba vivos. Se confiaron su situación respectiva,
se compadecieron y se amaron: aquella misma noche durmió
Isidora en el estudio. El desgraciado artista y la mujer perdida
hicieron el pacto de fundir sus miserias en una sola y de ahogar sus
penas en el dulce licor de una confianza enteramente conyugal. El
amor les hizo llevadera la desgracia. Se casaron en el ara del
amancebamiento, y a los dos días de unión se querían de veras y
hallábanse dispuestos a morirse juntos y a partir lo poco bueno y lo
mucho malo que la vida pudiera traerles. Lucharon contra la pobreza, contra la usura, y sucumbieron sin dejar de quererse: él
siempre amante; solícita y cariñosa ella; ejemplo ambos de abne-
gación, de esas altas virtudes que se esconden avergonzadas para
que no las vean la ley y la religión, como el noble haraposo se es-
conde de sus iguales bien vestidos.

Volvió a abrazarlos Torquemada, diciéndoles con melosa voz:

—Hijos míos, sed buenos y que os aproveche el ejemplo que os doy.
Favoreced al pobre, amad al prójimo, y así como yo os he compadecido, compadecedme a mí, porque soy muy desgraciado.

—Ya sé —dijo Isidora, desprendiéndose de los brazos del avaro—
que tiene usted al niño malo. ¡Pobrecito! Verá usted cómo se le pone
bueno ahora . . .

thing: if you're afraid that these paintings may get damaged when you move, bring them to my house, and I'll keep them there; you can pick them up any time you like . . . There now, is that confounded cough letting up? Next week you won't be coughing at all, not at all. You'll go to the country . . . yonder, across San Isidro Bridge . . . But where's my head? I was forgetting the chief thing, which is to give you the three thousand *reales* . . . Come here, Isidorita, pay close attention . . . One hundred-*peseta* bill, another, another . . ." He continued to count them out, moistening his fingers with saliva after each bill so they wouldn't stick together. "Seven hundred *pesetas* . . . I don't have a fifty-*peseta* bill, dear. I'll give it to you some other time. Here you have a hundred forty *duros*, or two thousand eight hundred *reales* . . ."

VIII

On seeing the money, Isidora almost wept with pleasure, and the sick man was so cheered up, he seemed to have regained his health. Poor youngsters! They were so badly off, they had gone through such terrible privations and poverty! Two years previously they had first met in the home of a moneylender who was flaying both of them alive. They told each other about their situation, they felt compassion for each other, and they fell in love: that very night Isidora slept in the studio. The unfortunate artist and the ruined woman made a pact to merge their two sad lots into one, and to drown their sorrows in the sweet liquor of a mutual trustfulness that was entirely conjugal. Love made their misfortune bearable for them. They wed at the altar of cohabitation, and two days after their union they truly loved each other and found themselves ready to die together and to share the little bit of good and the great deal of evil which life might bring them. They struggled with poverty and with usury, and succumbed without ceasing to love each other: he was always a lover; she was solicitous and affectionate; both of them were models of self-denial, of those lofty virtues which hide in shame in order to remain unseen by the law and religion, just as a nobleman in rags hides from his well-dressed peers.

Torquemada embraced them again, saying in a honeyed voice:

"My children, be good and profit by the example I've given you. Befriend the poor, love your fellow man, and just as I have pitied you, pity me, for I am very unfortunate."

"I know," said Isidora, releasing herself from the miser's arms, "that your boy is sick. Poor thing! You'll see how he'll get better now . . ."

—¡Ahora! ¿Por qué ahora? —preguntó Torquemada con ansiedad muy viva.

—Pues . . . , qué sé yo . . . Me parece que Dios le ha de favorecer, le ha de premiar sus buenas obras . . .

—¡Oh!, si mi hijo se muere —afirmó don Francisco con desesperación—, no sé qué va a ser de mí.

—No hay que hablar de morirse —gritó el enfermo, a quien la posesión de los santos cuartos había despabilado y excitado cual si fuera una toma del estimulante más enérgico—. ¿Qué es eso de morirse? Aquí no se muere nadie. Don Francisco, el niño no se muere. Pues no faltaba más. ¿Qué tiene? ¿Meningitis? Yo tuve una muy fuerte a los diez años, y ya me daban por muerto cuando entré en reacción, y viví, y aquí me tiene usted, dispuesto a llegar a viejo, y llegaré, porque lo que es el catarro ahora lo largo. Vivirá el niño, don Francisco, no tengo duda; vivirá.

—Vivirá —repitió Isidora—; yo se lo voy a pedir a la Virgencita del Carmen.

—Sí, hija, a la Virgen del Carmen —dijo Torquemada, llevándose el pañuelo a los ojos—. Me parece muy bien. Cada uno empuje por su lado, a ver si entre todos . . .

El artista, loco de contento, quería comunicárselo al atribulado padre, y medio se echó de la cama para decirle:

—Don Francisco, no llore, que el chico vive . . . Me lo dice el corazón, me lo dice una voz secreta . . . Viviremos todos y seremos felices.

—¡Ay hijo de mi alma! —exclamó el *Peor;* y abrazándole otra vez—: Dios le oiga a usted. ¡Qué consuelo tan grande me da!

—También usted nos ha consolado a nosotros. Dios se lo tiene que premiar. Viviremos, sí, sí. Mire, mire: el día en que yo pueda salir, nos vamos todos al campo, el niño también, de merienda. Isidora nos hará la comida, y pasaremos un día muy agradable, celebrando nuestro restablecimiento.

—Iremos, iremos —dijo el tacaño con efusión, olvidándose de lo que antes había pensado respecto al *campo* a que iría Martín muy pronto—. Sí, y nos divertiremos mucho y daremos limosnas a todos los pobres que nos salgan . . . ¡Qué alivio siento en mi interior desde que he hecho ese beneficio! . . . No, no me lo alaben . . . Pues verán: se me ocurre que aún les puedo hacer otro mucho mayor.

—¿Cuál? . . . A ver, don Francisquito.

—Pues se me ha ocurrido . . . No es idea de ahora, que la tengo hace tiempo . . . Se me ha ocurrido que si la Isidora conserva los papeles de su herencia y sucesión de la casa de Aransis hemos de intentar sacar eso . . .

"Now? Why now?" Torquemada asked in great anxiety.

"Well . . . I don't know . . . It seems to me that God has to assist you and reward your good deeds . . ."

"Oh, if my son dies," Don Francisco declared in desperation, "I don't know what will become of me."

"There's no cause to talk about dying," shouted the sick man, who had been aroused and excited by the receipt of that blessed money as if he had taken a dose of the strongest stimulant. "What's all this about dying? Nobody's dying here. Don Francisco, the boy isn't dying. It can't happen! What's he got? Meningitis? I had a very serious case of it when I was ten, and they had given me up for dead when I rallied and I lived, and here you see me, ready to live to a ripe old age, and I will, too, because as far as this cold is concerned, I'll get rid of it now. The boy will live, Don Francisco, I have no doubt of it; he'll live."

"He'll live," Isidora repeated. "I'm going to pray to Our Lady of Mount Carmel for it."

"Yes, my girl, to Our Lady of Mount Carmel," said Torquemada, raising his handkerchief to his eyes. "That sounds very good to me. Let each of us do his part, and we'll see whether between us all . . ."

The artist, wild with contentment, wanted to share some of it with the afflicted father, and got halfway out of bed to say:

"Don Francisco, don't cry, because the boy will live . . . My heart tells me so, a secret voice tells me so . . . We'll all live and be happy."

"Ah, my dear fellow!" exclaimed the Worst, hugging him again. "May God heed your words! What great comfort you're giving me!"

"Well, you comforted us, too. God is sure to reward you for it. We'll live, yes, yes! Look, look: on the day I'm able to go out, we'll all go to the country, the boy too, on a picnic. Isidora will prepare the food for us, and we'll spend a most delightful day celebrating our recovery."

"We'll go, we'll go," the miser said effusively, forgetting his earlier thoughts as to which green plot of ground Martín would very soon go to. "Yes, and we'll have a very good time, and we'll give alms to every pauper who comes our way . . . What relief I feel inside me ever since doing this kindness! . . . No, don't praise me for it . . . You'll see: I have a notion that I can even do you a much greater one."

"What? . . . Tell us, Don Francisquito."

"Well, I got the idea . . . It isn't a notion that just came to me, I've had it for some time . . . I got the idea that, if Isidora still has the paperwork concerning her inheritance and the succession to the house of Aransis, we can try and win it for her . . ."

—¿Otra vez eso? —fue lo único que dijo.

—Sí, sí, tiene razón don Francisco —afirmó el pobre tísico, que estaba de buenas, entregándose con embriaguez a un loco optimismo—. Se intentará . . . Eso no puede quedar así.

—Tengo el recelo —añadió Torquemada— de que los que intervinieron en la acción la otra vez no anduvieron muy listos o se vendieron a la marquesa vieja . . . Lo hemos de ver, lo hemos de ver.

—En cuantito que yo suelte el catarro. Isidora, mi ropa, que me quiero levantar . . . ¡Qué bien me siento ahora! . . . Me dan ganas de ponerme a pintar, don Francisco. En cuanto el niño se levante de la cama, quiero hacerle el retrato.

—Gracias, gracias . . . , sois muy buenos . . . , los tres somos muy buenos, ¿verdad? Venga otro abrazo y pedid a Dios por mí. Tengo que irme, porque estoy con una zozobra que no puedo vivir.

—Nada, nada, que el niño está mejor, que se salva —repitió el artista, cada vez más exaltado—. Si le estoy viendo, si no me puedo equivocar.

Isidora se dispuso a salir con parte del dinero, camino de la casa de préstamos; pero al pobre artista le acometió la tos y disnea con mayor fuerza, y tuvo que quedarse. Don Francisco se despidió con las expresiones más cariñosas que sabía, y cogiendo los cuadritos salió con ellos debajo de la capa. Por la escalera iba diciendo:

—¡Vaya, que es bueno ser bueno! . . . ¡Siento en mi interior una cosa, un consuelo . . . ! ¡Si tendrá razón Martín! ¡Si se me pondrá bueno aquel pedazo de mi vida! . . . Vamos corriendo allá. No me fío, no me fío. Este botarate tiene las ilusiones de los tísicos en último grado. Pero ¡quién sabe!, se engaña de seguro respecto a sí mismo y acierta en lo demás. A donde él va pronto es al nicho . . . Pero los moribundos suelen tener doble vista, y puede que haya *visto* la mejoría de Valentín . . . ; voy corriendo, corriendo. ¡Cuánto me estorban estos malditos cuadros! ¡No dirán ahora que soy tirano y judío, pues rasgos de éstos entran pocos en libra! . . . No me dirán que me cobro en pinturas, pues por estos apuntes, en venta, no me darían ni la mitad de lo que yo di. Verdad que si se muere valdrán más, porque aquí cuando un artista está vivo nadie le hace maldito caso, y en cuanto se muere de miseria o de cansancio le ponen en las nubes, le llaman genio y qué sé yo qué . . . Me parece que no llego nunca a mi casa. ¡Qué lejos está, estando tan cerca!

Subió de tres en tres peldaños la escalera de su casa, y le abrió la puerta la *Tía Roma*, disparándole a boca de jarro estas palabras:

—Señor, el niño parece que está un poquito más tranquilo.

"That again?" was the only thing she said.

"Yes, yes, Don Francisco is right," the poor consumptive declared; he was in a good mood, and drunkenly indulging in wild optimism. "We'll try . . . Things can't be left as they are."

"I very much fear," Torquemada added, "that those who represented you in the case last time weren't very clever, or else were bribed by the old marquise . . . We must look into it, we must look into it."

"The very minute I get rid of this cold! Isidora, my clothes, I want to get up . . . How good I feel now! . . . I have the urge to start painting, Don Francisco. As soon as your boy gets out of bed, I want to paint his portrait."

"Thank you, thank you . . . you're both very kind . . . all three of us are very kind, aren't we? One more hug, and pray to God for me. I've got to leave, because I'm so worried I can't go on."

"Don't, don't, because the boy is better, he has pulled through," the artist repeated, more and more overexcited. "I can see it, I can't be wrong."

Isidora got ready to go out with part of the money to the pawnshop, but the poor artist had a stronger attack of coughing and shortness of breath, and she had to stay in. Don Francisco took his leave with the most affectionate expressions he knew; taking the pictures and putting them under his cape, he departed. On the stairs he said:

"There now! How good it is to be good! . . . I feel something inside me, some consolation! . . . If Martín is right! If that piece of my heart gets well again! . . . Let's rush home. I'm not convinced, I'm not convinced. That madcap has the illusions of a consumptive in the last stages. But who knows? He's surely deceiving himself as to his own condition, but correct with regard to the rest. Where *he's* going soon is to the grave . . . But the dying tend to have second sight, and he may have *seen* Valentín's recovery . . . ; I'll hurry, hurry. These damned pictures are slowing me down! Let no one call me a tyrant or skinflint today, because deeds like this are very rare! . . . Let no one say I'm indemnifying myself with paintings, because if I sold these daubs I wouldn't get half of what I gave for them. True, if he dies they'll be worth more, because here when an artist is alive no one gives a damn about him, and as soon as he dies of poverty or exhaustion, he's praised to the skies, called a genius and I don't know what . . . I think I'll never get home. How far it is, though it's so close!"

He ascended the stairs to his house three at a time, and was let in by Aunt Roma, who fired these words at him point blank:

"Sir, the boy seems to be resting a little more quietly."

Oírlo don Francisco y soltar los cuadros y abrazar a la vieja fue todo uno. La trapera lloraba, y el *Peor* le dio tres besos en la frente. Después fue derechito a la alcoba del enfermo y miró desde la puerta. Rufina se abalanzó hacia él para decirle:

—Está desde mediodía más sosegado . . . ¿Ves? Parece que duerme el pobre ángel. Quién sabe . . . Puede que se salve. Pero no me atrevo a tener esperanzas, no sea que las perdamos esta tarde.

Torquemada no cabía en sí de sobresalto y ansiedad. Estaba el hombre con los nervios tirantes, sin poder permanecer quieto ni un momento, tan pronto con ganas de echarse a llorar como de soltar la risa. Iba y venía del comedor a la puerta de la alcoba, de ésta a su despacho, y del despacho al gabinete. En una de estas volteretas llamó a la *Tía Roma*, y metiéndose con ella en la alcoba la hizo sentar y le dijo:

—*Tía Roma*, ¿crees tú que se salva el niño?

—Señor, será lo que Dios quiera, y nada más. Yo se lo he pedido anoche y esta mañana a la Virgen del Carmen con tanta devoción, que más no puede ser, llorando a moco y baba. ¿No me ve cómo tengo los ojos?

—¿Y crees tú . . . ?

—Yo tengo esperanza, señor. Mientras no sea cadáver, esperanzas ha de haber, aunque digan los médicos lo que dijeren. Si la Virgen lo manda, los médicos se van a hacer puñales . . . Otra, anoche me quedé dormida rezando, y me pareció que la Virgen bajaba hasta delantito de mí, y que me decía que sí con la cabeza . . . Otra, ¿no ha rezado usted?

—Sí, mujer; ¡qué preguntas haces! Voy a decirte una cosa importante. Verás.

Abrió un bargueño, en cuyos cajoncillos guardaba papeles y alhajas de gran valor que habían ido a sus manos en garantía de préstamos usurarios; algunas no eran todavía suyas, otras sí. Un rato estuvo abriendo estuches, y a la *Tía Roma*, que jamás había visto cosa semejante, se le encandilaban los ojos de pez con los resplandores que de las cajas salían. Eran, según ella, esmeraldas como nueces, diamantes que arrojaban pálidos rayos, rubíes como pepitas de granada y oro finísimo, oro de la mejor ley, que valía cientos de miles . . . Torquemada, después de abrir y cerrar estuches, encontró lo que buscaba: una perla enorme, del tamaño de una avellana, de hermosísimo oriente, y cogiéndola entre los dedos, la mostró a la vieja.

—¿Qué te parece esta perla, *Tía Roma*?

—Bonita de veras. Yo no lo entiendo. Valdrá miles de millones. ¿Verdá usted?

Don Francisco heard this, dropped the pictures, and hugged the old woman, all at the same time. The ragpicker was weeping, and the Worst gave her three kisses on the forehead. Then he went straight to the sick boy's bedroom and looked in through the door. Rufina dashed toward him, saying:

"Since noon he's been calmer . . . See? The poor angel seems to be sleeping. Who knows? . . . Maybe he'll pull through. But I don't dare to hope, for fear our hope will be lost tonight."

Torquemada couldn't contain himself for alarm and anxiety. The man's nerves were taut, and he couldn't keep calm for a moment; he was as ready to burst into tears as to burst out laughing. He came and went from the dining room to the bedroom door, from there to his office, and from his office to his study. On one of those excursions he called Aunt Roma and, shutting himself into his bedroom with her, he had her sit down and he said:

"Aunt Roma, do you think the boy will pull through?"

"Sir, it will be as God wills, and nothing else. I prayed to him for it last night, and to Our Lady of Mount Carmel this morning, with such devotion that it couldn't be greater, crying my eyes out. Can't you see how red they are?"

"And you think . . ."

"I have hope, sir. As long as he's not yet a corpse, one must have hope, whatever the doctors say. If the Virgin commands it, the doctors will look like fools . . . Besides, last night I fell asleep while praying, and I dreamt that the Virgin came down right in front of me and nodded 'yes' with her head . . . Besides, haven't you been praying?"

"Yes, woman. What questions you ask! I'll tell you something important. You'll see."

He opened a desk with cubbyholes in which he kept very valuable papers and jewels that had fallen into his hands as security for usurious loans; some were not yet his, others were. For a while he opened jewel cases, and Aunt Roma, who had never seen anything like it, felt her fish eyes glowing with the gleams that issued from the boxes. According to her, they were emeralds as big as walnuts, diamonds that cast pale rays, rubies the size of pomegranate seeds, and very pure gold, gold of the utmost fineness, worth hundreds of thousands . . . After Torquemada had opened and shut a number of cases, he found what he was looking for: an enormous pearl the size of a hazelnut, with the most beautiful luster; picking it up between his fingers, he showed it to the old woman.

"What do you think of this pearl, Aunt Roma?"

"Really pretty. I don't understand such things. It must be worth thousands of millions. True?"

—Pues esta perla —dijo Torquemada en tono triunfal— es para la señora Virgen del Carmen. Para ella es si pone bueno a mi hijo. Te la enseño, y pongo en tu conocimiento la intención para que se lo digas. Si se lo digo yo, de seguro no me lo cree.

—Don Francisco —mirándole con profunda lástima—, usted está malo de la jícara. Dígame, por su vida, ¿para qué quiere ese requilorio la Virgen del Carmen?

—Toma, para que se lo pongan el día de su santo, el dieciséis de julio. ¡Pues no estará poco maja con esto! Fue regalo de boda de la excelentísima señora marquesa de Tellería. Créelo, como ésta hay pocas.

—Pero, don Francisco, ¡usted piensa que la Virgen le va a conceder . . . ! Paice bobo . . . , ¡por ese piazo de cualquier cosa!

—Mira qué oriente. Se puede hacer un alfiler y ponérselo a ella en el pecho, o al Niño.

—¡Un rayo! ¡Valiente caso hace la Virgen de perlas y pindonguerías! . . . Créame a mí: véndala y dele a los pobres el dinero.

—Mira, tú, no es mala idea —dijo el tacaño, guardando la joya—. Tú sabes mucho. Seguiré tu consejo, aunque, si he de ser franco, eso de dar a los pobres viene a ser una tontería, porque cuanto les das se lo gastan en aguardiente. Pero ya lo arreglaremos de modo que el dinero de la perla no vaya a parar a las tabernas . . . Y ahora quiero hablarte de otra cosa. Pon muchísima atención: ¿te acuerdas de cuando mi hija, paseando una tarde por las afueras con Quevedo y las de Morejón, fue a dar allá, por donde tú vives, hacia los Tejares del Aragonés, y entró en tu choza y vino contándome, horrorizada, la pobreza y escasez que allí vio? ¿Te acuerdas de eso? Contóme Rufina que tu vivienda es un cubil, una inmundicia hecha con adobes, tablas viejas y planchas de hierro, el techo de paja y tierra; me dijo que ni tú ni tus nietos tenéis cama y dormís sobre un montón de trapos; que los cerdos y las gallinas que criáis con la basura son allí las personas y vosotros los animales. Sí; Rufina me contó esto, y yo debí tenerte lástima y no te la tuve. Debí regalarte una cama, pues nos has servido bien; querías mucho a mi mujer, quieres a mis hijos, y en tantos años que entras aquí jamás nos has robado ni el valor de un triste clavo. Pues bien; si entonces no se me pasó por la cabeza socorrerte, ahora sí.

Diciendo esto, se aproximó al lecho y dio en él un fuerte palmetazo con ambas manos, como el que se suele dar para sacudir los colchones al hacer las camas.

—*Tía Roma*, ven acá, toca aquí. Mira qué blandura. ¿Ves este colchón de lana encima de un colchón de muelles? Pues es para ti, para ti, para que descanses tus huesos duros y te despatarres a tus anchas.

"Well," said Torquemada in triumphal tones, "this pearl is for Our Lady of Mount Carmel. It's for her if she makes my son well. I'm showing it to you, and I'm making you aware of it, so you can tell her about it. If *I* tell her, she surely won't believe me."

Looking at him with profound pity, she said: "Don Francisco, you aren't well upstairs. On your soul, tell me, why would Our Lady of Mount Carmel want such a gewgaw?"

"Why, to wear it on her saint's day, July sixteenth! Won't she look nice with this on! It was a wedding gift to her excellence the Marquise de Tellería. Believe me, there aren't many like it."

"But, Don Francisco, you think the Virgin will grant you . . . ! I think you're a fool . . . For this hunk of stuff!"

"Look at the luster. A pin can be made of it and placed on her bosom, or on the Christ child's."

"Like hell! A fat lot the Virgin cares about pearls and flashy junk! . . . Trust me: sell it and give the money to the poor."

"See here, that's not a bad idea," the miser said, holding on to the jewel. "You know a lot. I'll follow your advice, although, if I must be frank, the idea of giving to the poor is generally stupid, because whatever you give them they spend on brandy. But we can arrange it so that the money from the pearl doesn't wind up in the saloon . . . And now I want to talk to you about something else. Pay close attention: Do you remember when my daughter was strolling one afternoon on the outskirts of town with Quevedo and the Morejón women, and happened to pass by where you live, around the Tileworks of the Aragonese? She entered your hut, and when she came home she told me in horror about the poverty and want she saw there. Do you remember that? Rufina told me you lived in a burrow, a garbage heap made of sun-dried bricks, old planks, and iron slabs, with a roof of straw and soil. She said that neither you nor your grandchildren had beds, but slept on a pile of rags; that the pigs and chickens you raise on the refuse are the people there, while you are the animals. Yes, Rufina told me that, and I should have had pity, but didn't. I should have given you a bed, because you've been a good servant to us; you were very fond of my wife, you love my children, and in all the years you've been coming here you've never stolen even the value of a lousy nail from us. Well, if it didn't occur to me then to help you out, now it does."

Saying this, he approached the bed and gave it a hefty slap with both hands, like those given to shake out mattresses when making beds.

"Aunt Roma, come here, touch this. Look how soft it is. See this wool mattress on top of a spring mattress? Well, it's for you, for you, so you can rest your old bones and sprawl out to your heart's content."

Esperaba el tacaño una explosión de gratitud por dádiva tan espléndida, y ya le parecía estar oyendo las bendiciones de la *Tía Roma,* cuando ésta salió por un registro muy diferente. Su cara telarañosa se dilató, y de aquellas úlceras con vista que se abrían en el lugar de los ojos salió un resplandor de azoramiento y susto mientras volvía la espalda al lecho, dirigiéndose hacia la puerta.

—Quite, quite allá —dijo—; vaya con lo que se le ocurre . . . ¡Darme a mí los colchones, que ni tan siquiera caben por la puerta de mi casa! . . . Y aunque cupieran . . . ¡rayo! A cuenta que he vivido tantísimos años durmiendo en duro como una reina, y en estas blanduras no pegaría los ojos. Dios me libre de tenderme ahí. ¿Sabe lo que le digo? Que quiero morirme en paz. Cuando venga la de la cara fea me encontrará sin una mota, pero con la conciencia como los chorros de la plata. No, no quiero los colchones, que dentro de ellos está su idea . . ., porque aquí duerme usted, y por la noche, cuando se pone a cavilar, las ideas se meten por la tela adentro y por los muelles, y ahí estarán, como las chinches cuando no hay limpieza. ¡Rayo con el hombre, y la que me quería encajar! . . .

Accionaba la viejecilla de una manera gráfica, expresando tan bien con el mover de las manos y de los flexibles dedos cómo la cama del tacaño se contaminaba de sus ruines pensamientos, que Torquemada la oía con verdadero furor, asombrado de tanta ingratitud; pero ella, firme y arisca, continuó despreciando el regalo:

—Pos vaya un premio gordo que me caía, Santo Dios . . . ¡Pa que yo durmiera en eso! Ni que estuviera boba, don Francisco! ¡Pa que a medianoche me salga toda la gusanera de las ideas de usted y se me meta por los oídos y por los ojos, volviéndome loca y dándome una mala muerte . . . ! Porque, bien lo sé yo . . ., a mí no me la da usted . . ., ahí dentro, ahí dentro están todos sus pecados, la guerra que le hace al pobre, su tacañería, los réditos que mama y todos los números que le andan por la sesera para ajuntar dinero . . . Si yo me durmiera ahí, a la hora de la muerte me saldrían por un lado y por otro unos sapos con la boca muy grande, unos culebrones asquerosos que se me enroscarían en el cuerpo, unos diablos muy feos con bigotazos y con orejas de murciélago, y me cogerían entre todos para llevarme a rastras a los infiernos. Váyase al rayo y guárdese sus colchones, que yo tengo un camastro hecho de sacos de trapo, con una manta por encima, que es la gloria divina . . . Ya lo quisiera usted . . . Aquello sí que es rico para dormir a pierna suelta . . .

—Pues dámelo, dámelo, *Tía Roma* —dijo el avaro con aflicción—. Si mi hijo se salva, me comprometo a dormir en él lo que me queda de vida y a no comer más que las bazofias que tú comes.

The miser was expecting an explosion of gratitude for such a magnificent gift, and he thought he could already hear Aunt Roma's blessings, when she responded in a very different tone. Her spiderwebby face grew broader, and from those ulcers with vision that passed for eyes with her, there issued a gleam of confusion and alarm, while she turned her back on the bed and headed for the door.

"Get out of here!" she said. "Get along with that idea of yours! . . . To give me those mattresses, which won't even fit through my doorway! . . . And even if they did fit . . . hell! Because I've lived all these years sleeping on the ground like a queen, and on that mushy stuff I wouldn't be able to close an eye. God forbid I should stretch out on that! You know what I say to you? That I want to die in peace. When the grim reaper comes, he'll find me without a cent, but with my conscience as clean as a whistle. No, I don't want the mattresses, because your idea is inside them . . . because here is where *you* sleep, and at night when you start pondering, your thoughts get into the cloth and through the springs, and they'll stay there, like bedbugs in a dirty house. To hell with the man, and what he wanted to foist on me! . . ."

The little old woman was gesturing graphically, expressing so clearly with the motion of her hands and flexible fingers how the miser's bed was contaminated by his nasty thoughts that Torquemada heard her out with true fury, amazed by such ingratitude; but, firm and surly, she continued to belittle the gift:

"Well, well, some first prize in the lottery I've won, holy God! . . . For me to sleep on that! Not even if I were senile, Don Francisco! So that at midnight all the vermin of your thoughts would come out onto me and get into my ears and eyes, driving me crazy and giving me an evil death! . . . Because I'm well aware . . . you can't fool *me* . . . in there, in there are all your sins, your war on the poor, your stinginess, the interest you devour, and all the numbers that dance around in your head while you're accumulating money . . . If I slept there, at the hour of my death, on both sides there would crawl out onto me toads with a mouth as big as this, big, disgusting snakes that would coil around my body, ugly, ugly devils with big mustaches and bat's ears, and the whole bunch of them would grab me and drag me off to hell. Go to blazes and keep your mattresses, because I've got a pallet made of cloth sacks, with a blanket on top, which is divine glory . . . You would be glad to have it . . . Now, *that's* comfortable for sleeping like a log . . ."

"Then give it to me, give it to me, Aunt Roma," the miser said sorrowfully. "If my son pulls through, I promise to sleep on it for the rest of my life and to eat nothing but the swill that *you* eat."

—A buenas horas y con sol. Usted quiere ahora poner un puño en el cielo. ¡Ay, señor, a cada paje su ropaje! A usted le sienta eso como a las burras las arracadas. Y todo ello es porque está afligido; pero si se pone bueno el niño, volverá usted a ser más malo que Holofernes. Mire que ya va para viejo; mire que el mejor día se le pone delante la de la cara pelada, y a ésta sí que no le da usted el timo.

—Pero ¿de dónde sacas tú, estampa de la basura —replicó Torquemada con ira, agarrándola por el pescuezo y sacudiéndola—, de dónde sacas tú que yo soy malo ni lo he sido nunca?

—Déjeme, suélteme, no me menee, que no soy ninguna pandereta. Mire que soy más vieja que Jerusalén y he visto mucho mundo y le conozco a usted desde que se quiso casar con la Silvia. Y bien le aconsejé a ella que no se casara . . . , y bien le anuncié las hambres que había de pasar. Ahora que está rico no se acuerda de cuando empezaba a ganarlo. Yo sí me acuerdo, y me paice que fue ayer cuando le contaba los garbanzos a la cuitada de Silvia y todo lo tenía bajo llave, y la pobre estaba descomida, trasijada y ladrando de hambre. Como que si no es por mí, que le traía algún huevo de ocultis, se hubiera muerto cien veces. ¿Se acuerda de cuando se levantaba usted a medianoche para registrar la cocina a ver si descubría algo de condumio que la Silvia hubiera escondido para comérselo sola? ¿Se acuerda de cuando encontró un pedazo de jamón en dulce y un medio pastel que me dieron a mí en cas de la marquesa, y que yo le traje a la Silvia para que se lo zampara ella sola, sin darle a usted ni tanto así? ¿Recuerda que al otro día estaba usted hecho un león, y que cuando entré me tiró al suelo y me estuvo pateando? Y yo no me enfadé, y volví, y todos los días le traía algo a la Silvia. Como usted era el que iba a la compra, no le podíamos sisar, y la infeliz ni tenía una triste chambra que ponerse. Era una mártira, don Francisco, una mártira; ¡y usted guardando el dinero y dándolo a peseta por duro al mes! Y mientre tanto, no comían más que mojama cruda con pan seco y ensalada. Gracias que yo partía con ustedes lo que me daban en las casas ricas, y una noche, ¿se acuerda?, traje un hueso de jabalí, que lo estuvo usted echando en el puchero seis días seguidos, hasta que se quedó más seco que su alma puñalera. Yo no tenía obligación de traer nada: lo hacía por la Silvia, a quien cogí en brazos cuando nació de señá Rufinica, la del callejón del Perro. Y lo que a usted le ponía furioso era que yo le guardase las cosas a ella y no se las diera a usted, ¡un rayo! Como si tuviera yo obligación de llenarle a usted el buche, perro, más que perro . . . Y dígame ahora, ¿me ha dado alguna vez el valor de un real? Ella sí me daba lo que podía, a la chita callando; pero

"It's too late! Now you want to claim a place in heaven. Oh, sir, to each his own! This suits you the way earrings suit she-asses. And all this because you're distressed; but if the boy gets well, you'll be back to being more wicked than Holofernes. Look, you're getting on in years; any day now the man with the scythe and hourglass may show up in your path, and *him* you can't cheat."

"But where do you get the idea, you old piece of filth," Torquemada retorted angrily, clutching her neck and shaking her, "where do you get the idea that I'm evil or ever have been?"

"Let go of me, hands off me, don't shake me, I'm not a tambourine. Look, I'm older than Jerusalem and I've seen a lot and I've known you ever since you decided to marry Silvia. I advised her warmly not to marry you . . . and I clearly foretold the hunger she was going to endure. Now that you're rich you don't remember the time when you were just beginning to make your money. I do remember, and it seems like just yesterday that you were counting every chickpea poor Silvia handled and you kept everything under lock and key, and the unhappy woman was starved, emaciated, and howling with hunger. If it hadn't been for my bringing her an egg or two on the sly, she would have died a hundred times over. Do you remember when you used to get up at midnight to check the kitchen, trying to find some food Silvia might have hidden to eat by herself? Do you remember when you found a piece of sweet ham and half a cake that they gave me in the marquise's house, and which I brought to Silvia for her to gobble down herself, without giving you even this much? Do you remember that the next day you were furious, and when I came in you threw me on the floor and kicked me? But I didn't get angry, I continued, and every day I brought something for Silvia. Since you were the one who went shopping, we couldn't filch any money that way, and the poor woman didn't have a miserable camisole to put on. She was a martyr, Don Francisco, a martyr, with you keeping the money and lending it out at a *peseta* per *duro* monthly! And meanwhile, you two weren't eating anything but salted tuna with dry bread and salad. Thank goodness, I shared with you what I was given in rich houses, and one night, remember?, I brought a wild-boar bone, which you threw into the stewpot six days in a row until it was drier than your God-damned soul. I was under no obligation to bring anything: I did it for Silvia, whom I received in my arms when Mis' Rufinica gave birth to her, the one from the Callejón del Perro. And what used to make you furious was that I kept those things for her and didn't give them to you, damn it! As if I were obliged to fill *your* mouth, you dog, you worse than dog . . . And tell me now, did you ever give me anything worth a *real*? She did give me whatever she could,

usted, el muy capigorrón, ¿qué me ha dado? Clavos torcidos y las barreduras de la casa. ¡Véngase ahora con jipíos y farsa! . . . Valiente caso le van a hacer.

—Mira, vieja de todos los demonios —le dijo Torquemada furioso—, por respeto a tu edad no te reviento de una patada. Eres una embustera, una diabla, con todo el cuerpo lleno de mentiras y enredos. Ahora te da por desacreditarme, después de haber estado más de veinte años comiendo de mi pan. Pero ¡si te conozco, zurrón de veneno; si eso que has dicho nadie te lo va a creer: ni arriba ni abajo! El demonio está contigo, y maldita tú eres entre todas las brujas y esperpentos que hay en el cielo . . . , digo, en el infierno.

IX

Estaba el hombre fuera de sí, delirante; y sin echar de ver que la vieja se había largado a buen paso de la habitación, siguió hablando como si delante la tuviera.

—Espantajo, madre de las telarañas, si te cojo, verás . . . ¡Desacreditarme así!

Iba de una parte a otra en la estrecha alcoba, y de ésta al gabinete, cual si le persiguieran sombras; daba cabezadas contra la pared, algunas tan fuertes que resonaban en toda la casa.

Caía la tarde, y la oscuridad reinaba ya en torno del infeliz tacaño, cuando éste oyó claro y distinto el grito de pavo real que Valentín daba en el paroxismo de su altísima fiebre.

—Y ¡decían que estaba mejor! . . . Hijo de mi alma . . . Nos han vendido, nos han engañado.

Rufina entró llorando en la estancia de la fiera, y le dijo:

—¡Ay, papá, qué malito se ha puesto; pero qué malito!

—¡Ese trasto de Quevedo! —gritó Torquemada, llevándose un puño a la boca y mordiéndoselo con rabia—. Le voy a sacar las entrañas . . . Él nos le ha matado.

—Papá, por Dios, no seas así . . . No te rebeles contra la voluntad de Dios . . . Si Él lo dispone . . .

—Yo no me rebelo, ¡puñales!, yo no me rebelo. Es que no quiero, no quiero dar a mi hijo, porque es mío, sangre de mi sangre y hueso de mis huesos . . .

—Resígnate, resígnate, y tengamos conformidad —exclamó la hija, hecha un mar de lágrimas.

—No puedo, no me da la gana de resignarme. Esto es un robo . . .

quietly; but you, you dirty scrounger, what did you give me? Twisted nails and the sweepings of the house. Now come whimpering to people with your make-believe! . . . A lot they're going to care!"

"Look, you infernal hag," Torquemada said furiously, "out of regard for your age I'm not going to kick you to death. You're a swindler, a she-devil, with your whole body full of lies and deceit. Now it suits you to insult me after eating my bread for over twenty years. But I know you, you bag of poison; no one's going to believe anything you said: not up there or down there! The devil is with you, and you're accursed among all the witches and horrible creatures that there are in heaven—I mean, in hell!"

IX

The man was beside himself, delirious; and without noticing that the old woman had slipped out of the room at top speed, he kept on talking as if she were in front of him.

"Scarecrow, mother of spiderwebs, if I get my hands on you, you'll see . . . To insult me like that!"

He walked to and fro in his narrow bedroom, and from there to his study, as if he were pursued by shades; he banged his head against the wall, sometimes so hard that it rang all through the house.

Evening bell, and darkness already reigned around the unhappy miser, when he heard clearly and distinctly the peacock cry Valentín uttered in the throes of his extremely high fever.

"And they said he was better! . . . My darling son . . . We've been betrayed, we've been deceived."

Rufina entered the beast's lair weeping and said:

"Oh, father, how sick he's become, but really sick!"

"That no-good Quevedo!" Torquemada shouted, raising a fist to his mouth and biting it rabidly. "I'm going to cut his heart out. He's killed him!"

"Father, for the love of God, don't be that way . . . Don't rebel against the will of God . . . If he decides it . . ."

"I'm not rebelling, damn it, I'm not rebelling! It's just that I don't want, I don't want to give up my son, because he's mine, blood of my blood and bone of my bone . . ."

"Resign yourself, resign yourself, and let's show forbearance!" his daughter exclaimed, in a sea of tears.

"I can't, I have no desire to resign myself. This is robbery . . . Envy,

Envidia, pura envidia. ¿Qué tiene que hacer Valentín en el cielo? Nada, digan lo que dijeren; pero nada . . . Dios, ¡cuánta mentira, cuánto embuste! Que si cielo, que si infierno, que si Dios, que si diablo, que si . . . ¡tres mil rábanos! ¡Y la muerte, esa muy pindonga de la muerte, que no se acuerda de tanto pillo, de tanto farsante, de tanto imbécil, y se le antoja mi niño por ser lo mejor que hay en el mundo! . . . Todo está mal, y el mundo es un asco, una grandísima porquería.

Rufina se fue y entró Bailón, trayéndose una cara muy compungida. Venía de ver al enfermito, que estaba ya agonizando, rodeado de algunas vecinas y amigos de la casa. Disponíase el clerizonte a confortar al afligido padre en aquel trance doloroso, y empezó por darle un abrazo, diciéndole con empañada voz:

—Valor, amigo mío, valor. En estos casos se conocen las almas fuertes. Acuérdese usted de aquel gran Filósofo que expiró en una cruz dejando consagrados los principios de la Humanidad.

—¡Qué principios ni qué . . . ! ¿Quiere usted marcharse de aquí, so chinche? . . . Vaya que es de lo más pelmazo y cargante y apestoso que he visto. Siempre que estoy angustiado me sale con esos retruécanos.

—Amigo mío, mucha calma. Ante los designios de la Naturaleza, de la Humanidad, del gran Todo, ¿qué puede el hombre? ¡El hombre! Esa hormiga, menos aún, esa pulga . . . , todavía mucho menos.

—Ese coquito . . . , menos aún, ese . . . , ¡puñales! —agregó Torquemada con sarcasmo horrible, remedando la voz de la sibila y enarbolando después el puño cerrado—. Si no se calla le rompo la cara . . . Lo mismo me da a mí el grandísimo todo que la grandísima nada y el muy piojoso que le inventó. Déjeme, suélteme, por la condenada alma de su madre, o . . .

Entró Rufina otra vez, traída por dos amigas suyas, para apartarla del tristísimo espectáculo de la alcoba. La pobre joven no podía sostenerse. Cayó de rodillas exhalando gemidos, y al ver a su padre forcejeando con Bailón, le dijo:

—Papá, por Dios, no te pongas así. Resígnate . . . , yo estoy resignada, ¿no me ves? . . . El pobrecito . . . , cuando yo entré . . . , tuvo un instante, ¡ay!, en que recobró el conocimiento. Habló con voz clara y dijo que veía a los ángeles que le estaban llamando.

—¡Hijo de mi alma, hijo de mi vida! —gritó Torquemada con toda la fuerza de sus pulmones, hecho un salvaje, un demente—. No vayas, no hagas caso; que ésos son unos pillos que te quieren engañar . . . Quédate con nosotros . . .

Dicho esto, cayó redondo al suelo, estiró una pierna, contrajo la otra y un brazo. Bailón, con toda su fuerza, no podía sujetarle, pues

sheer envy. What business has Valentín in heaven? None, whatever anybody says; absolutely none . . . God, all those lies, all that swindling! And
then they say there's a heaven, a hell, a God, a devil, a . . . three thousand
slices of baloney! And Death, that tramp Death, who doesn't remember
all the scoundrels, cheats, and imbeciles, but has a yen for my boy because he's the best thing in the world! . . . Everything is bad, and the
world is disgusting, a big heap of filth."

Rufina went out, and Bailón came in with a very remorseful expression.
He had just seen the sick boy, who was now in his death throes, attended
by a few neighbor women and friends of the family. The pseudo-priest
was getting ready to console the distressed father on that sorrowful occasion, and he began by embracing him, while saying in a muffled voice:

"Courage, my friend, courage. It's in cases like this that souls show how
strong they are. Remember that great Philosopher who died on a cross,
thus consecrating the principles of Mankind."

"What principles? What . . . ? Do you want to get out of here, you low
bedbug? Beyond a doubt, you're the most sluggish, annoying, and sick-
ening person I've ever met. Whenever my heart is breaking, you come to
me with plays on words."

"My friend, be calm. When faced with the plans of Nature, Mankind,
the great All, what can man do? Man! That ant—even less, that flea—and
much smaller yet."

"That bogeyman—even less, that . . .—damn it!" Torquemada added
with terrible sarcasm, imitating the Sibyl's voice and then shaking his
clenched fist. "If you don't keep quiet, I'm going to punch you in the face
. . . I care just as much about the very great All as I do about the very great
Nothing, and the big louse who invented it. Leave me alone, let go of me,
by the miserable soul of your mother, or else . . ."

Rufina came back in, half-carried by two of her women friends, to re-
move her from the unhappy scene in the boy's bedroom. The poor young
woman couldn't stay on her feet. She fell to her knees uttering moans,
and seeing her father struggling with Bailón, she said:

"Father, for God's sake don't act like that. Resign yourself . . . I'm resigned, can't you see? . . . The poor boy . . . when I came in . . . there was
one moment, oh, when he regained consciousness. He spoke in a clear
voice and he said he saw the angels calling to him."

"My darling son, my beloved son!" Torquemada shouted with all the
power of his lungs, like a savage, a madman. "Don't go, pay no attention;
they're a bunch of scoundrels who want to fool you . . . Stay here with us . . ."

Saying this, he fell to the floor in a heap, stretching out one leg and
drawing in the other and one arm. Despite all his strength, Bailón was

desarrollaba un vigor muscular inverosímil. Al propio tiempo soltaba de su fruncida boca un rugido feroz y espumarajos. Las contracciones de las extremidades y el pataleo eran en verdad horrible espectáculo: se clavaba las uñas en el cuello hasta hacerse sangre. Así estuvo largo rato, sujetado por Bailón y el carnicero, mientras Rufina, transida de dolor, pero en sus cinco sentidos, era consolada y atendida por Quevedito y el fotógrafo. Llenóse la casa de vecinos y amigos, que en tales trances suelen acudir compadecidos y serviciales. Por fin, tuvo término el patatús de Torquemada, y caído en profundo sopor, que a la misma muerte, por lo quieto, se asemejaba, le cargaron entre cuatro y le arrojaron en su lecho. La *Tía Roma,* por acuerdo de Quevedito, le daba friegas con un cepillo, rasca que te rasca, como si le estuviera sacando lustre.

Valentín había expirado ya. Su hermana, que quieras que no, allá se fue, le dio mil besos, y ayudada de las amigas, se dispuso a cumplir los últimos deberes con el pobre niño. Era valiente, mucho más valiente que su padre, el cual, cuando volvió en sí de aquel tremendo síncope, y pudo enterarse de la completa extinción de sus esperanzas, cayó en profundísimo abatimiento físico y moral. Lloraba en silencio y daba unos suspiros que se oían en toda la casa. Transcurrido un buen rato, pidió que le llevaran café con media tostada, porque sentía debilidad horrible. La pérdida absoluta de la esperanza le trajo la sedación, estímulos apremiantes de reparar el fatigado organismo. A medianoche fue preciso administrarle un sustancioso potingue, que fabricaron la hermana del fotógrafo de arriba y la mujer del carnicero de abajo, con huevos, jerez y caldo de puchero.

—No sé qué me pasa —decía el *Peor*—; pero ello es que parece que se me quiere ir la vida.

El suspirar hondo y el llanto comprimido le duraron hasta cerca del día, hora en que fue atacado de un nuevo paroxismo de dolor, diciendo que quería ver a su hijo, *resucitarle costara lo que costase,* e intentaba salirse del lecho, contra los combinados esfuerzos de Bailón, el carnicero y de los demás amigos que contenerle y calmarle querían. Por fin, lograron que se estuviera quieto, resultado en que no tuvieron poca parte las filosóficas amonestaciones del clerigucho y las sabias cosas que echó por aquella boca el carnicero, hombre de pocas letras, pero muy buen cristiano.

—Tiene razón —dijo don Francisco, agobiado y sin aliento—. ¿Qué remedio queda más que conformarse? ¡Conformarse! Es un viaje para el que no se necesitan alforjas. Vean de qué le vale a uno ser más bueno que el pan, y sacrificarse por los desgraciados, y hacer bien a

unable to subdue him, since he was displaying exceptional muscular vigor. At the same time he was emitting a fierce roar, and froth, from his puckered mouth. The contractions of his limbs, and his kicking, were truly awful to behold: he was digging his nails into his neck until the blood came. He remained like that for some time, held down by Bailón and the butcher, while Rufina, overcome with grief, but with her wits still about her, was being comforted and attended to by little Quevedo and the photographer. The house filled up with friends and neighbors, who usually come to help at such emergencies, compassionate and obliging. Finally Torquemada's spell came to an end; having fallen into a deep slumber, which was so calm it actually resembled death, he was picked up by four men and placed on his bed. Aunt Roma, on little Quevedo's advice, rubbed him down with a brush, scraping away, as if she wanted to make him shine.

Valentín had already died. His sister, despite anything the others could say, went to see him and kissed him a thousand times; aided by her women friends, she set about doing her last duties for the poor boy. She was brave, much braver than her father, who, coming to after that tremendous stupor, and now able to verify the complete extinction of his hopes, fell into a profound physical and moral dejection. He wept silently, uttering sighs that were heard all over the house. After some time had gone by, he asked for some coffee and half a slice of toast, because he felt horribly weak. The total loss of hope brought him calm and the urgent need to restore his weary body. At midnight they had to give him a nourishing concoction, which the sister of the photographer from upstairs and the wife of the butcher from downstairs had made from eggs, sherry, and broth.

"I don't know what's happening to me," the Worst kept saying, "but it feels as if my life were fading out of me."

His heavy breathing and suppressed weeping lasted until it was nearly daylight, at which time he was gripped by a new attack of grief, saying that he wanted to see his son, to resuscitate him at any cost; he tried to get out of bed, fighting the combined efforts of Bailón, the butcher, and the other friends who were trying to restrain him and quiet him down. Finally they succeeded in keeping him still, a result in which no small part was played by the pseudo-priest's philosophical admonitions and the wise things uttered by the butcher, a man of little learning but a very good Christian.

"You're right," said Don Francisco, overwhelmed and breathless. "What remedy is left except to be resigned? Resigned! A lot you get out of that! Just see what good it does you to be as good as gold, to sacrifice yourself for the unfortunate, and to do good to people who hate the very

los que no nos pueden ver ni en pintura . . . Total, que lo que pensaba
emplear en favorecer a cuatro pillos . . . ¡mal empleado dinero, que
había de ir a parar a las tabernas, a los garitos y a las casas de empeño!
. . . , digo que esos dinerales los voy a gastar en hacerle a mi hijo del
alma, a esa gloria, a ese prodigio que no parecía de este mundo, el entierro más lucido que en Madrid se ha visto. ¡Ah, qué hijo! ¿No es
dolor que me lo hayan quitado? Aquello no era hijo: era un diosecito
que engendramos a medias el Padre Eterno y yo . . . ¿No creen ustedes que debo hacerle un entierro magnífico? Ea, ya es de día. Que
me traigan muestras de carros fúnebres, y vengan papeletas negras
para convidar a todos los profesores.

Con estos proyectos de vanidad excitóse el hombre, y a eso de las
nueve de la mañana, levantado y vestido, daba sus disposiciones con
aplomo y serenidad. Almorzó bien, recibía a cuantos amigos llegaban
a verle, y a todos les endilgaba la consabida historia:

—Conformidad . . . ¡Qué le hemos de hacer! . . . Está visto: lo
mismo da que usted se vuelva santo, que se vuelva usted Judas, para
el caso de que le escuchen y le tengan misericordia . . . ¡Ah misericordia! . . . Lindo anzuelo sin cebo para que se lo traguen los tontos.

Y se hizo el lujoso entierro, y acudió a él mucha y lucida gente, lo
que fue para Torquemada motivo de satisfacción y orgullo, único bál-
samo de su hondísima pena. Aquella lúgubre tarde, después que se
llevaron el cadáver del admirable niño, ocurrieron en la casa escenas
lastimosas. Rufina, que iba y venía sin consuelo, vio a su padre salir del
comedor con todo el bigote blanco, y se espantó creyendo que en un
instante se había llenado de canas. Lo ocurrido fue lo siguiente: fuera
de sí y acometido de un espasmo de tribulación, el inconsolable padre
fue al comedor y descolgó el encerado en que estaban aún escritos los
problemas matemáticos, y tomándolo por retrato que fielmente le re-
producía las facciones del adorado hijo, estuvo larguísimo rato dando
besos sobre la fría tela negra, y estrujándose la cara contra ella, con lo
que la tiza se le pegó al bigote mojado de lágrimas, y el infeliz usurero
parecía haber envejecido súbitamente. Todos los presentes se maravillaron de esto, y hasta se echaron a llorar. Llevóse don Francisco a
su cuarto el encerado, y encargó a un dorador un marco de todo lujo
para ponérselo y colgarlo en el mejor sitio de aquella estancia.

Al día siguiente, el hombre fue acometido, desde que abrió los ojos,
de la fiebre de los negocios terrenos. Como la señorita había quedado
muy quebrantada por los insomnios y el dolor, no podía atender a las
cosas de la casa; la asistenta y la incansable *Tía Roma* la sustituyeron
hasta donde sustituirla era posible. Y he aquí que cuando la *Tía Roma*

sight of you . . . In a word, the money I was intending to use to do a favor to a handful of crooks—badly spent money, which was going to wind up in saloons, gambling dens, and pawnshops!—I say, I'm going to spend that fortune on giving my darling son, that glory, that prodigy who didn't seem to belong to this world, the showiest funeral ever seen in Madrid. Oh, what a son! Isn't it a pity he was taken away from me? He wasn't a son: he was a little god whom the Eternal Father and I begot between us . . . Don't you think I ought to give him a magnificent burial? Hey, it's already daylight. Have them bring me sample pictures of funeral coaches, and let me have black-rimmed funeral announcements to invite all his teachers."

The fellow got all excited with those vanity-inspired plans, and about nine in the morning he got up, got dressed, and gave orders with self-control and serenity. He had a good meal and received all the friends who came to see him, rattling off the same old story to everyone:

"Resignation . . . What can we do? . . . It's a fact: it makes no difference whether you become a saint or a Judas, just in case your prayers get answered and you receive mercy . . . Oh: mercy! . . . A pretty fishhook without bait for fools to swallow."

And the luxurious funeral was held and attended by many elegant people; this was a source of satisfaction and pride to Torquemada, the only relief for his profound sorrow. On that mournful afternoon, after the body of the wonderful child was taken away, pitiful scenes took place in the house. Rufina, who was pacing to and fro disconsolately, saw her father come out of the dining room with his whole mustache white, and she got frightened thinking that he had turned gray in a moment. This is what had happened: beside himself and gripped by a spasm of tribulation, the inconsolable father went to the dining room and took down from the wall the cloth blackboard which still contained the math problems; considering it as a portrait faithfully reproducing his beloved son's features, for a very long time he kissed the cold black oilcloth; rubbing his face against it, so that the chalk stuck to his tear-stained mustache, the unhappy usurer seemed to have grown suddenly old. Everyone present was amazed at this, and even began crying. Don Francisco took the blackboard to his own room, and ordered a very expensive frame from a gilder so it could be placed and hung in the best place in that chamber.

On the following day, as soon as the fellow opened his eyes, he was assailed by the fever of worldly business. Since his daughter was still terrifically exhausted by grief and lack of sleep, she couldn't attend to household matters; the part-time maid and the tireless Aunt Roma took her place to the extent that it was possible. And so it was that when Aunt Roma came

entró a llevarle el chocolate al gran inquisidor, ya estaba éste en planta, sentado a la mesa de su despacho, escribiendo números con mano febril. Y como la bruja aquella tenía tanta confianza con el señor de la casa, permitiéndose tratarle como a igual, se llegó a él, le puso sobre el hombro su descarnada y fría mano y le dijo:

—Nunca aprende . . . Ya está otra vez preparando los trastos de ahorcar. Mala muerte va usted a tener, condenado de Dios, si no se enmienda.

Y Torquemada arrojó sobre ella una mirada que resultaba enteramente amarilla, por ser en él de este color lo que en los demás humanos ojos es blanco, y le respondió de esta manera:

—Yo hago lo que me da mi santísima gana, so mamarracho, vieja más vieja que la Biblia. Lucido estaría si consultara con tu necedad lo que debo hacer.

Contemplando un momento el encerado de las matemáticas, exhaló un suspiro y prosiguió así:

—Si preparo los trastos, eso no es cuenta tuya ni de nadie, que yo me sé cuanto hay que saber de tejas abajo y aun de tejas arriba, ¡puñales! Ya sé que me vas a salir con el materialismo de la misericordia . . . A eso te respondo que si buenos memoriales eché, buenas y gordas calabazas me dieron. La misericordia que yo tenga, ¡puñales!, que me la claven en la frente.

in, bringing the grand inquisitor his hot chocolate, he was already up and around; sitting at his office desk, he was writing numbers feverishly. And since that witch was on such a familiar footing with the man of the house, taking the liberty of treating him like an equal, she went over to him, placed her cold, emaciated hand on his shoulder, and said:

"You never learn . . . Here you are again preparing your executioner's equipment. You're going to die an evil death, damned by God, if you don't mend your ways."

And Torquemada cast upon her a glance that turned out entirely yellow, because the part that is white in all other human eyes was yellow in his, and he replied as follows:

"I do exactly as I damn well please, you old scarecrow, you old woman older than the Bible! I'd be in a fine mess if I consulted with your foolish self about what I should do."

Studying the math blackboard for a moment, he heaved a sigh and continued:

"If I'm preparing the instruments of torture, that's no business of yours or anybody else's, because I know all that there is to know about things on earth and in heaven, too, damn it! I already know you're going to hand me that stuff about mercy . . . My answer to that is: even though I sent such strong petitions by means of my good deeds, I got turned down flat. If I ever show mercy again, damn it, I hope they hang me for it!"